엇쓰기 모임

일러두기

1 책 제목은 겹낫표(『 』), 영상 제목은 홑화살괄호(〈 〉)로 표시하였습니다.

2 인용 및 참고자료 출처는 230, 231쪽에 모아 작성하였습니다.

3 단어 또는 내용에 부가 설명이 필요한 경우 작은 글씨로 첨언하였습니다.

완벽주의를 넘어 새로운 나를 만나는 6주 글쓰기 워크숍

엇쓰기 모임

이진 지음

"일상에
적용가능!"

"완벽한 글을 써야한다는
강박과 부담이 줄어들었어요."

"방황하거나 고민이 많은 사람들에게
먼저 연필을 들어 써보라고 이야기 해주고 싶어요."

우리는 가야만 하는 곳에 감으로써 배운다.
— 줄리아 캐머론, 『아티스트 웨이』

내 안의 엇, 하는 순간을 찾아 떠나는 글쓰기 모임

저는 글을 쓰면서 자연스럽게 몸과 마음의 건강을 회복했습니다. 용기로 펜을 쥐고 내 안에 숨겨진 이야기를 썼던 시점부터 삶은 차츰 건강해졌습니다. 글쓰기를 시작한 지 꼬박 7년이 지난 지금도 여전히 아침저녁으로 글을 쓰고 있습니다.

그렇다고 매일 빠짐없던 것은 아닙니다. 바쁜 일상에 글쓰기가 우선순위에 밀려난 날도 있었습니다. 글 쓰는 감각을 잊을 때쯤엔 쉬이 위태로운 마음과 감정 상태로 돌아갔습니다. 그럴 때마다 저는 돌아온 탕아와 같은 부끄러운 마음으로 다시 노트를 펼쳤습니다. 그러면 글쓰기는 기다렸다는 듯 저를 반겨주며 마음에 난 생채기를 소독하고, 연고를 바르고, 밴드를 붙여주었지요.

첫 책을 내고 1년이 흘렀습니다. 글쓰기를 사랑하는 마음으로 펴낸 『뜻밖의 글쓰기 여정』은 제목처럼 매 순간 저를 뜻밖의 여정으로 이끌었습니다. 살고 싶어서 글쓰기를 붙잡았던 무렵에 차곡차곡 모은 문장들이었습니다. 마음을 닦는 청소포 정도였던 글들이 주변에 전해지고 많은 사랑을 받았습니다. 누군가는 위로받고 누군가는 영감을 받았다고 했습니다. 기적과도 같은 일이었습니다.

출간을 기점으로 새로운 기회가 끊임없이 찾아왔습니다. 외부 강의에 특강자로 서거나, 북토크를 열고, 북페어를 통해 독자들을 직접 만나보는 일도 있었습니다. 비슷한 관심사를 공유하는 동료와 모여서 책과 관련한 재미난 행사를 기획하고 진행해 보기도 했습니다. 무한하게 펼쳐지는 영감의 숲에서 시도하고 배우며 성장했습니다.

문화·예술에 관심이 있는 친구들도 하나둘 늘어났습니

다. 제가 글을 쓴다고 하니 그들은 관심을 보이며 "어떻게 하면 글을 좀 잘 쓸 수 있느냐"며 고민을 털어놓았습니다. 입사 이력서 작성에서부터 영화를 만드는 일에 이르기까지, 모든 일은 비로소 글쓰기에서 시작된다는 신비로운 흐름까지도 느꼈습니다. 더불어 자기에 대해 더 잘 알고 싶을 때도 글쓰기는 좋은 도구가 됩니다. 편안하게 내면의 이야기를 풀어내는 노트 속에서 느닷없이 새로운 아이디어가 움트기도 하니까요. 저는 전해 주고 싶은 말들이 가득했지만 말로 모두 풀어내기에는 어려웠습니다.

언젠가, 저는 준비되었다는 걸 느꼈습니다. 그동안 갈고닦아온 글쓰기 비법을 나눌 준비였습니다. 절대 완벽한 것은 아니었습니다. 모든 이들에게 잘 적용될 방법도 아니었지요. 그러나 가슴 깊은 곳에서 일어난 확신이 저를 깨웠습니다. '나의 이야기가 단 한 사람에게라도 도움이 된다면 그건 가치 있는 일일 거야.'

저는 약 8개월간의 고민과 구상 끝에 글쓰기 및 창작 스튜디오를 열었습니다. 이름하여 '엇쓰기 스튜디오'입니다.

'엇쓰기'는 '내 안의 엇, 하는 순간을 찾아 떠나는 글쓰기'를 뜻합니다. 엇쓰기는 결코 무언가 대단한 결과물을 만들어내는 것을 목적하지 않습니다. 누군가에게 보여주기 위한 글도 아닙니다. 엇쓰기는 오직 내면으로 시선을 돌려 나를 감각하는 일입니다. 그런 점에서 엇쓰기는 글쓰기라기보다는 명상에 가깝습니다. 엇쓰기를 할 때만큼은 띄어쓰기나 맞춤법이 완벽하지 않아도 괜찮습니다. 내 안의 '구린' 모습을 마구마구 드러내도 좋습니다. 충분히 실수하며 엇나간 길을 따라 걷는 글쓰기가 바로 엇쓰기입니다.

창작은 고르고 아름답게 펼쳐진 결과의 세계가 아닙니다. 모든 창작물은 지지부진하고 고민하는 과정에서 탄생합니다. 세계적인 문학 작가 어니스트 헤밍웨이도 이런 말을 남겼습니다. "초고는 걸레다." 엇쓰기가 바로 그 걸레질입니다. 인간적인 마음에 낀 때와 먼지를 바라보고, 닦아내고, 깨끗이 정리하다 보면 그새 내 안에 머물던 의심과 묵은 감정들도 하나둘 풀려납니다. 엇쓰기를 통해 단 1퍼센트만을 닦아낸다고 해도 그것은 가치 있습니다. 1퍼센트는 10퍼센트로 향할 잠재력을 품고 있기 때문입니다.

저는 지역문화도시기획 지원 사업을 통해 곧 엇쓰기의 꿈을 펼치게 되었습니다. 글쓰기에 관심이 있는 동료를 모아 '엇쓰기 모임'을 만들었습니다. 엇쓰기 모임은 여섯 명의 엇쓰기 파트너와 함께 떠난 8주간의 글쓰기 항해였습니다. 이것은 하나의 실험이기도 했습니다. 수년간 홀로 겪어온 글쓰기가 다른 이들의 삶에도 유의미한 변화를 일으킬 것인가에 대한 실험이었습니다.

엇쓰기 모임을 진행하는 동안 저는 예상했던 것보다 훨씬 더 진한 감동을 나눌 수 있었습니다. 따로 또 같이 나아가는 과정에서 저와 엇쓰기 파트너들은 수없이 서로의 마음을 울렸지요. 우리는 엇쓰기의 철학을 배우고 꾸준히 활용해 나가며 차츰차츰 일상이 바뀌어나가는 과정을 겪었습니다. 물론 이전보다 더 밝고, 맑고, 명확한 쪽으로의 변화였습니다.

우리는 매주 1회씩 만나 의미 있는 주제로 이야기를 나누었습니다. 우리만 알기엔 아쉬울 정도로 가치 있는 이야깃거리들이 많았습니다. 이후 저는 엇쓰기의 철학이 더욱더 많은 이들에게 닿기를 바라며 새로운 꿈의 씨앗을 심었습니다. 엇쓰기 모임의 이야기를 담은 책의 탄생입니다.

내면을 탐험하는 일은 아주 외롭고 괴로운 여정입니다. 혼자서는 도저히 나아갈 수 없을 것 같은 순간도 있습니다. 이 책이 여러분의 그러한 고독한 배움의 여정에 함께한다면 좋겠습니다. 엇쓰기 모임의 이야기가 분명히 큰 힘이 되리라 믿습니다. 다정한 길잡이 별이 되기를 바라는 마음으로 한 줄 한 줄 정성스레 쓴 이야기를 펴냅니다. 여러분과 함께할 엇쓰기 모임의 두 번째 항해를 지금 바로 시작합니다.

2024년 5월

이진

목차

1주 차

오리엔테이션

엇쓰기를 소개합니다

엇쓰기는 '내 안의 엇, 하는 순간을 찾아 떠나는 글쓰기'를 말합니다. 여기서 '엇, 하는 순간'이란 무엇일까요? 먼저 아래 단어를 한 번 입으로 소리내어 볼까요.

"엇!"

왠지 '엇'이라는 단어 뒤에는 자연스럽게 느낌표가 따라붙는 듯합니다. 마치 아르키메데스가 욕조에서 '유레카'

를 외칠 때 느낌표를 함께 외칠 수밖에 없었던 것처럼요. 그만큼 '엇'이라는 단어에는 무언가 새로움과 놀라움의 느낌이 내재해 있습니다.

아무 생각 없이 들어간 식당이 뜻밖의 맛집이었을 때, 집 청소를 하다가 우연히 잃어버린 물건을 발견했을 때, 혹은 친구가 머리색을 바꾼 것을 알아차릴 때 우리는 '엇' 하는 감각을 느낍니다. 즉 '엇, 하는 순간'이란 평범하게만 보이는 일상 속에서의 새로운 발견과 독특한 알아차림의 순간을 말합니다.

엇쓰기는 또한 마음껏 엇나가보겠다는 반항적인 철학을 담고 있습니다. 반항이란 충분히 시행착오 하며 경험하겠다는 뜻입니다.

커피의 고향 에티오피아에서 전해져 내려오는 재미난 우화가 하나 있습니다. 한 양치기 소년이 양들을 데리고 풀 내음 가득한 목초지로 향하고 있었습니다. 밤이 되자 소년은 평소와 같이 양들과 잠을 청하려 했습니다. 그런데 양 몇 마리가 이상하게도 잠을 자지 않고 혈기 왕성하게 초원을 뛰어놀았습니다. 밤새 뛰놀던 양들은 낮에 특이한 열매를 먹었는데, 그것이 바로 커피 열매였습니다.

커피의 각성 효과는 양치기 소년을 통해 마을까지 퍼졌습니다. 하지만 마을에 사는 수도자들은 그런 커피의 각성 능력을 두려워했습니다. 수도자들은 양치기 소년이 가지고 온 커피 열매를 모두 없애 버리기 위해 불에 던져버렸지요. 불에 들어간 커피 열매는 어떻게 되었을까요? 적당히 그을린 커피의 향기는 더욱더 매혹적으로 마을 사람들의 관심을 끌었습니다. 볶은 커피의 발견은 수도자들의 실수로 비롯되었던 것입니다.

겨울철 입술을 촉촉하게 해주는 보습 젤 바셀린의 역사에도 신비로운 발견의 마법이 있습니다. 피부 보습에 탁월한 바셀린은 원래 석유 기계에서 묻어나는 찌꺼기 '로드 왁스'에서 나온 물질입니다. 석유 인부들은 로드 왁스를 가까이 접하면서 이미 그 놀라운 효과를 알고 있었습니다. 그래서 로드 왁스를 일부러 모아두었다가 상처 난 곳이나 화상 자국에 연고처럼 바르곤 했지요. 그 모습을 본 화학자 로버트 체스브로는 로드 왁스를 정제하여 피부 보습 젤 바셀린을 만들었습니다.

엇쓰기 모임

모든 새로운 발견에는 '엇, 하는 순간'이 있습니다. 그것은 대체로 혁신적이기 때문에 처음에는 두려움과 의심을 불러일으키기도 합니다.

무시무시한 각성효과를 가진 커피 열매가 불에 닿으면 고소한 향과 맛을 낸다는 걸 누가 알 수 있었을까요? 실수로 불에 던져 넣기 전에는 아무도 모를 일이었습니다. 새카만 석유 찌꺼기가 피부 보습을 도울 것이라고 누가 먼저 예상할 수 있었을까요? 직접 만져보고 접해보기 전까지 결코 알 수 없었을 것입니다. 우리가 의심해 마지않는 엇나간 길에는 뜻밖의 답이 있습니다. 적극적으로 실수하고 시행착오를 겪는 과정에서 '엇, 하는 순간'의 진면목은 드러납니다.

앞으로 우리가 배워볼 엇쓰기는 나만의 안성맞춤을 찾기 위한 좋은 도구입니다. 가끔은 나도 나를 이해하지 못할 때가 있습니다. 나의 감정이나 행동에 대한 이유가 모호할 때 우리는 답답하고 무력해지기도 합니다. 살다 보면 몇 가지 선택을 앞에 두고 갈림길에 설 때도 있습니다. 이럴 때 내가 나에 대한 정보를 갖고 있으면 훨씬 더 현명하게 상황에 대처할 수 있습니다. 나에 대한 정보력과 이해력, 그것은 세상 어떤 것과도 바꿀 수 없는 가치입니다. 엇쓰기를 통해 우리는 적극적으로 나를 탐구하며 내 안의 엇, 하는 순간을 찾아볼 것입니다.

16세기 프랑스 철학자 미셸 드 몽테뉴는 이렇게 말했습니다. "세상에서 가장 중요한 것은 내가 진정 나다워지는 법을 아는 것이다." 나와 세상을 이해하는 힘을 엇쓰기가 길러줄 것입니다. 엇쓰기를 꾸준히 하다 보면 자기에게 알맞은 길을 스스로 찾을 수 있게 됩니다. 글을 쓰며 내면과 대화를 나누다 보면 결국 내가 진정으로 원하는 방향으로 향할 수밖에 없습니다. 이것은 마치 우리가 음식을 먹으면 몸이 소화하고 배출하게 되는 것만큼이나 자연스러운 일입니다. 몸 건강을 지키는 습관이 좋은 식습관과 운동이라면, 마음과 정신의 건강을 지키는 습관이 바로 엇쓰기입니다.

다만, 엇쓰기는 하나의 열린 결말입니다. 엇쓰기의 방법론 안에서 유일한 절대 법칙은 없습니다. 그러니 유동

적으로 스스로 알맞게 시행착오 해 보세요. 엇쓰기 모임의
이야기가 하나의 참조가 되어 여러분의 자기 이해 여정에
조금이나마 도움이 되기를 바랍니다.

"재즈가 뭐라고 생각하세요?"

"엘라, 사람들에게 재즈가 뭐라고 설명해요?"

"글쎄요, 제 생각에는…… 이렇게 해보면 어떨까요?"

"한 번 해봐요."

"샵밥 두비두밥~"

한 유튜버의 패러디로 유명해진 영상이 있습니다. 패러디의 원본은 세계적인 재즈 가수 엘라 피츠제럴드와 멜 토메의 스캣Scat 무대였습니다.

스캣이란, 재즈에서 즉흥적으로 뜻이 없는 단어들을 모아서 가사 대신 부르는 것을 말합니다. 스캣에는 아무런 악보나 규칙이 없습니다. 오로지 그 순간 느껴지는 대로 만드는 음악입니다. 무대에 오르기 전에 미리 파트너와 호흡을 맞추었더라도, 가수는 현장 분위기에 따라 융통성을 발휘하여 스캣을 변주할 수 있습니다.

가수 선우정아 님은 콘서트에서 관객과 함께 스캣 무대를 만들어가기도 합니다. 선우정아 님의 '고양이'라는 곡에는 스캣 가사로 이루어진 파트가 있습니다. 단독 콘서트에서 그는 청중에게 마이크를 넘겨 자유롭게 스캣을 할 수 있도록 제안합니다. 참여형 공연입니다. 관객이 마이크를 쥐자마자 공연장의 분위기는 한껏 달아오릅니다.

마이크를 넘겨받은 관객들은 부끄러워하기도, 숨겨왔던 끼를 발산해 보기도 합니다. 진지한 모습으로 자기만의 리듬을 타거나, 원곡에 있는 스캣을 자기만의 스타일로 변주해 보기도 하지요. 마이크가 옮겨갈 때마다 곡의 분위기는 미세하게 전환됩니다. 비슷해 보여도 하나하나가 특별합니다. 관객들의 목소리 톤은 물론이고 스캣 가사도 독특하게 바뀌어 같은 음정과 멜로디인데도 모두 다른 음악처럼 들립니다.

스캣은 엿쓰기를 하는 방법과 매우 흡사합니다. 우리는 모두 똑같은 노트를 갖고 있지만, 그 위로 쓰이는 이야기들은 모두 다릅니다. 하나의 특별한 정답이 있는 것도 아닙니다. 엿쓰기는 스캣처럼 누구나 갖고 있는 고유성이 자연스럽게 드러나도록 합니다.

혹시 누군가는 이렇게 생각할지도 모릅니다. "저는 너무 평범해서 그런 고유성이나 개성 따위 없어요." 그렇지 않습니다. 개성은 본래 우리 모습, 그 자체입니다. 세상 어디에도 나와 같은 눈동자를 가진 사람은 없습니다. 세상 어디에도 나와 같은 목소리를 가진 사람도 없지요. 우리 모두에게 '나'라는 존재는 유일무이합니다. 그것만으로도 충분한 개성과 특별함이 아닐까요.

엇박의 매력

엇쓰기는 엇박과도 연결됩니다. 요즘 말로 그루브groove 라고도 합니다. 엇박은 정박과는 확연히 다른 매력을 갖고 있습니다. 마치 스캣처럼, 경계와 규칙 없이 나만의 느낌을 타는 것이 엇박입니다. 아마 처음에는 나만의 느낌이 무엇인지 모호할지도 모릅니다. 이때 엇쓰기가 그 '느낌'을 찾는 좋은 도구가 되어줍니다. 나만의 리듬을 감각하는 도구로 우리는 엇쓰기를 활용할 수 있습니다.

인생이 정박으로 올곧게 가지 않는다고 걱정하지 마세요. 삐뚤빼뚤, 삐그덕거리며 나아가는 것은 하나의 방향이 될 수 있습니다. 오히려 엇나가는 것이 정방향으로 나아가는 것보다 오히려 훨씬 효과적인 지름길일지도 모릅니다.

책 『월든』에서 헨리 데이비드 소로는 이렇게 말합니다.

"어떤 사람이 자기의 또래들과 보조를 맞추지 않는다면, 그것은 아마 그가 그들과는 다른 고수의 북소리를 듣고 있기 때문일 것이다. 그 사람으로 하여금 자신이 듣는 음악에 맞추어 걸어가도록 내버려두라. 그 북소리의 음률이 어떻든, 또 그 소리가 얼마나 먼 곳에서 들리든 말이다."

소로는 하버드 졸업생이라는 명예와 부흥하는 산업사회를 뒤로하고 자연과 인생을 탐구하기로 마음을 먹습니다. 그는 월든 호수 근처에 간소한 집을 지어 2년 2개월간 자급자족하였고 탐구 내용을 책으로 펴냈습니다. 말 그대로 '자신이 듣는 음악에 맞추어' 행진할 용기였습니다.

소로의 책은 출간된 19세기 당시에는 그다지 조명받지 못했습니다. 산업 사회라는 기회의 땅을 뒤로하고 숲속으로 들어가서 산다는 건 누구도 쉽게 이해할 수 없을 테지요. 하지만 21세기에 들어 책 『월든』은 고전의 지혜로 새롭게 떠오릅니다. 바로, 현대 미니멀리즘의 부상 덕분입니다. 이 책은 간소화된 삶의 가능성을 탐구한 미니멀리즘의 정법서로 널리 사랑받고 있습니다. 『무소유』의 저자인 법정 스님도 생전 소로의 책을 항상 머리맡에 두고 지내셨다고 합니다.

살다 보면 우리는 자연스럽게 사회적인 강압 아래에 놓입니다. 졸업과 취업, 결혼과 은퇴까지 모든 길에 정방향이 있는 것처럼 보입니다. 그러나 우리가 믿는 모든 '정방향'은 대체로 재고가 필요한 허구의 명제입니다. 그것은 다만 수없이 펼쳐진 갈림길 중 하나일 뿐이지요.

소로는 하버드 졸업생임에도 자연 속에서 자급자족하는 삶을 선택했습니다. 그처럼 우리는 인생에 대해 다양한 방식으로 상상력을 발휘해 볼 수 있습니다.

내가 선택했다고 생각하지만, 가끔은 그 선택이 다른 누군가의 욕망에 기초해 있는 경우도 있습니다. 이를테면 명품을 쇼핑하는 것도 비슷한 맥락입니다. 한국 명품 시장에는 오픈 런Open run이라는 문화가 있는데 매장이 열리기 전부터 사람들은 줄을 서서 물건을 사기 위해 기다립니다. 오픈 런 문화를 통해 우리는 타자의 욕망을 가시화하게 되고, 명품에 관심이 없던 사람들까지 매장 앞을 기웃거리기도 합니다.

프랑스의 정신의학자 자크 라캉은 말했습니다. "인간은 타인의 욕망을 욕망한다." 사회적 존재인 인간은 타인의 시선에서 완전히 자유로울 수는 없습니다. 하지만 타인의 시선만 답습하고 나의 욕구를 전혀 살피지 않는 것은 또 다른 이야기입니다. 건강하고 현명한 선택을 위해서 우리는 나와 타인의 관점을 조화롭게 들여다볼 수 있어야 합니다.

나를 안다는 것의 의미

인생에 중요한 시점이 오면 우리는 무언가 색다른 길을 찾고 도모합니다. 졸업이든, 휴직이든, 이직에 대한 결심이든, 은퇴든, 우리는 삶에서 필연적으로 쉼표의 시간을 마주하지요. 이 과정에서 가장 핵심이 되는 일은 바로 '나를 아는 것'입니다. 내가 무엇을 좋아하고 하고 싶은지 찾아보는 일이지요. 나에 대한 적극적 탐색을 우선하지 않으면, 진정으로 원하지도 않는 곳에 열정을 쏟으며 시간을 낭비할 수가 있습니다.

예를 들어봅시다. 남들의 인정과 관심을 원하는 한 사람이 있습니다. 그는 인정욕구를 채우는 방법으로 쇼핑에 몰두합니다. 하지만 쇼핑은 스스로를 정직하게 돌아보지 않은 표면적 선택일 뿐입니다. 사도 사도 채워지지 않는 공허함은 바로 내면의 갈증에 비롯됩니다. 그의 내면적 갈증은 결코 물건으로 채울 수 없습니다. 자기 안에 도사리고 있는 외로움과 인정욕구를 알아채기까지, 그는 끊임없이 자기를 뽐낼 온갖 물건을 사들일 것입니다.

여기서 진정으로 필요한 것은 '인식'입니다. 나에 대한 인식, 즉 나의 존재를 이해하고 인정하는 것입니다. 그것은 곧 세상을 이해하는 것이며 인간 존재를 이해하는 것이기도 합니다.

엇쓰기를 꾸준히 하다 보면 자연스레 내면의 나로 들어가게 됩니다. 양파 껍질을 까듯이 한 겹 한 겹 마음을 덜어내다 보면, 그 중심에는 자기에 대한 소중한 정보들이 놓여 있습니다. 그것은 어쩌면 정말 양파와 같아서 삽시간에 눈시울을 붉힐 수 있습니다. 혹은 피부가 쓰리도록 아플지도 모릅니다. 노트 위로 솔직하고 명백하게 드러나는 속마음을 마주하면서 우리는 변화의 여정에 서게 됩니다.

변화의 여정은 결코 사회가 제시하는 정방향의 길이 아닙니다. 오히려 엇나가고 역행하며 굽이굽이 돌아갈 것입니다. 인생에 한 번쯤은 엇나갈 용기가 필요합니다. 그리고 그 엇나간 길이 결국에는 여러분에게 무언의 통찰을 선사할 것입니다.

엇쓰기 모임에서 우리는 더 이상 황새가 되지 않아도 됩니다. 정방향으로 날아가는 황새를 따라갈 필요가 없습니다. 대신 황새가 되고싶은 내면의 갈증을 알아차리고 뱁새로서의 껍데기를 마주해 볼 것입니다. 즉 '자기 인식'입니다. 그것은 또한 '자유'라는 인생의 덕목으로 향하는 길입니다.

~~~

지하 암반층에서 글쓰기

저의 엇쓰기는 지하 암반층에서 시작됩니다. 도리어 대학교를 그만두겠다고 결심했던 해였습니다. 저는 더 이상 학생도 아니었고 그렇다고 일을 하지도 않았습니다. 미래에 대한 막막함이 파도처럼 밀려들었지만 할 수 있는 일이라곤 침대 위 이불속으로 몸을 구겨 넣는 것뿐이었습니다. 그렇게 몸과 마음의 건강은 서서히 닳아갔습니다.

시린 겨울은 봄이 되어 부드러워지고, 어느새 쨍쨍한 여름이 될 때까지 저의 모든 일상은 침대 위를 벗어나지 않았습니다. 그렇게 약 9개월을 방 안에서 지내며 셀 수 없이 많은 밤을 눈물로 지새웠습니다.

성가신 매미 소리가 저물어가던 어느 여름밤이었습니다. 창밖으로 스며든 어둠처럼 그날도 어김없이 우울감이 찾아들었습니다. 어찌할 바 모를 오묘한 감정이 밀려들 때 저는 종종 침대 머리맡 낙서장을 집어 들었습니다. A4 크기보다 조금 작은 스프링 연습장이었습니다. 평소에는 주로 색연필로 그림을 끄적였는데 그날은 왠지 글을 쓰고 싶었습니다. 저는 연필을 집어 들고서 홀린 듯이 줄줄이 글을 쓰기 시작했습니다. 마침내 한 페이지의 끝자락에 다다를 때, 저는 무언가 신비로운 감정 경험을 하게 됩니다. 마치 엉킨 뜨개실이 스르륵 풀리는 것 같은 기분이었습니다.

후련했습니다. 먼지처럼 뭉친 생각의 세계를 벗어나니 비로소 마음도 차분해졌습니다. 노트 위에 쓰인 검은 글자들은 제 안에 무엇이 놓여있는지 명백히 드러내 주었습니다. 구불구불해서 알아보기도 쉽지 않은 글씨에다가 내용은 우울과 무기력이 덕지덕지 붙은 듯한 모양이었습

엇쓰기 모임

니다. 그런데도 안도감을 느끼기에는 충분한 글쓰기 경험이었습니다. 그것은 내가 내 마음을 알아준다는 느낌이었습니다. 마구잡이 글을 통해 내 안에 쌓여있던 감정적 쓰레기 더미를 처음으로 직면한 것입니다.

물론 제 안의 우울과 무기력이 단번에 자리를 비운 것은 아니었습니다. 하지만 글쓰기가 앞으로 나의 일상을 새롭게 이끌어주리라는 걸 느낄 수 있었습니다. 우연히 쓴 한 페이지 글쓰기의 경험은 곧 엿쓰기의 토대가 되었습니다.

그때 저는 고치를 짓고 있었습니다. 누에가 한 올 한 올 실을 빼내듯이, 제 안에 꼭꼭 숨겨진 마음을 한 줌 한 줌 써 내려갔습니다. 낮과 밤을 주기로 재생되는 삶처럼, 우리 안의 이야기도 끊임없이 새로운 실을 토해냅니다. 그리고 그 이야기 속에서 자기에 대한 의미 있는 메시지를 찾을 수 있습니다.

엇쓰기, 어떻게 하는 건데?

그렇다면 엇쓰기는 대체 어떻게 하는 걸까요? 엇쓰기 방법에는 크게 두 가지가 있습니다. 첫 번째는 세 페이지 글쓰기, 두 번째는 감사일기입니다. 감사일기는 4주 차에서 더 자세하게 이야기 나누어보고, 첫 번째 방법인 세 페이지 글쓰기에 대해 먼저 낱낱이 알아보겠습니다.

엇쓰기 도구 첫 번째: 세 페이지 글쓰기

세 페이지 글쓰기 방법은 말 그대로 노트에 세 페이지, 그러니까 한 장 반에 달하는 분량을 자유롭게 채우는 글쓰기 방법입니다. 여기서는 어떤 이야기도 허용됩니다. 마음속에 일어나는 모든 감정을 털어낼 수 있는 나만의 공간이기 때문입니다.

노트의 크기는 A5 정도면 됩니다. A4용지의 반절 정도 되는 크기입니다. 원한다면 다른 크기의 노트를 써도 좋습니다. 한두 장만 쓰다가 책꽂이에 내내 방치했던 노트라면 더 환영입니다. 어떤 노트를 쓰든지 간에 상관없이 세 페이지는 꼭 채워야 합니다. 그렇지 않으면 세 페이지 글쓰기가 아니겠지요. 이 세 페이지를 통해 우리는 내면에 있는 수많은 영감과 아이디어를 발견할 수 있습니다. 세 페이지 글쓰기 노트는 여러분에게 펼쳐질 신비로운 조합의 출생지가 될 것입니다.

엇쓰기 첫 번째 도구의 모태가 된 책이 있습니다. 줄리아 카메론의 『아티스트 웨이』입니다. 책 『아티스트 웨이』는 삶에서 창조력을 발휘하고자 하는 이들에게 몇 가지 질문과 제안을 건네는 창작 워크북입니다. 책에서 소개하는 제안 중 하나가 바로 세 페이지 분량의 글쓰기입니다. 카메론은 특별히 그것을 아침에 쓴다고 해서 '모닝 페이지'라 부릅니다.

저는 스스로에 대해 조금 더 깊이 탐구하려는 욕망을 품었던 시기에 우연히 이 책을 만났습니다. '나를 알고 싶다'는 순수한 호기심은 모닝 페이지, 즉 세 페이지 글쓰기 습관으로 어렵지 않게 충족되었습니다.

물론 하루하루는 비슷하게 느껴질지라도, 몇 개월 뒤에 그간의 여정을 되돌아보면 꽤 생경한 기분이 듭니다. 배우고 성숙하고 이해하며 걸어온 길이 노트 위에서 지도처럼 그려지기 때문입니다. 책『아티스트 웨이』에 영감을 받아 글쓰기를 시작했던 것은 저의 인생에 있어서 신의 한 수라고 할 정도로 값진 일이기도 합니다. 그 무엇보다 글쓰기 그 자체의 열의를 발견할 수 있었던 계기였습니다.

어디에 글을 써야 할까

세 페이지 글쓰기를 처음 시도했던 것은 약 7년 전입니다. 당시 저는 A4 이면지를 활용했는데요, 이유는 간단했습니다. 집에 남는 이면지가 많기 때문입니다. 이렇게 조금 단순하더라도, 첫 시도에는 나에게 가장 가깝고 접근하기 쉬운 도구들을 사용하면 좋습니다.

매일 아침 이면지 세 장을 꽉 채워 글을 썼습니다. 사실 초반 3년은 시행착오의 기간이었습니다. 종이가 노트보다 관리가 쉬우리라 생각했지만 실제로 그렇지는 않았습니다. 그렇게 3년을 꼬박 채운 종이는 관리가 어려워 집을 정리하던 중 모두 파기했습니다. 가끔은 그 종이들 안에 무슨 이야기들이 담겨있었을까, 궁금해져 아쉬울 때도 있습니다. 수백 장에 달하던 종이 더미는 단지 스스로 충분히 이것저것 시도하고 경험했다는 의미로 기억 속에 깊이 남아있습니다.

▶ 그간 채워온 글쓰기 노트들

이후 저는 노트를 활용하기 시작했습니다. 종이에 비해 노트는 보관이 어렵지 않습니다. 그리고 노트는 커버가 있어서 종이보다 조금 더 오래 이야기들을 담아 간직할 수 있었습니다.

잃어버린 3년을 뺀 나머지 4년 동안 저는 약 열일곱 권의 노트를 채워 보관하고 있습니다. 꼭 그것을 다시 들여다보지는 않지만, 오랜 성장 과정을 한눈에 볼 수 있어서 모아두면 대견한 기분도 듭니다.

처음에는 어디선가 받아온 노트, 쓰다가 말아서 앞장을 마구 찢어둔 노트, 두꺼운 노트, 얇은 노트 구분 없이 이것저것 활용을 해보았습니다. 그러다 최근에 정착한 노트가 하나 있는데요, 무인양품의 '단행본 노트'입니다. 무려 184장의 문고 노트입니다. 페이지로 계산하면 368페이지로 약 122일간의 이야기를 담을 수 있습니다. 가격도 3천원 내외로 저렴한 편입니다. 저는 2년 전부터는 이 노트만 사용하고 있습니다.

만일 처음 엇쓰기를 시도한다면 얇은 스테이플러 제본 노트도 탁월한 선택입니다. 우선 얇아서 글을 쓰기에 부담이 없습니다. 180도로 펼치기 쉽고, 어디서든지 쉽게 구할 수도 있습니다. 문구류를 취급하는 곳이라면 어디든지 스테이플러 제본 노트 하나쯤은 있으니까요. 스테이플러 노트가 취향이 아니라면 얇은 스프링이나 기본 문고 노트를 택해도 좋습니다.

세 페이지 글쓰기 노트를 고를 때 고려할 만한 요소 첫 번째는 접근성입니다. 내가 이미 갖고 있는 데에서 활용할 수 있는 게 가장 좋습니다. 그리고 두 번째가 노트의 얇기입니다. 얇은 노트일수록 글을 채우는 재미를 더 쉽게 느낄 수 있기 때문입니다.

초심자에게 단 한 가지 필요한 것은 가벼운 마음가짐입니다. '이 정도면 해볼 수 있겠는데' 싶은 정도의 가볍고 얇은 노트를 한 번 찾아보세요. 디자인이 마음에 든다면 더욱 좋겠지요. 사실, 첫 노트는 새로 사지 않아도 됩니다. 이미 책장 어딘가에 한 권 정도는 꽂혀 있을 테니까요. 바로 그곳에서 여러분만의 은밀한 역사가 시작될 것입니다.

▶ 무인양품 문고노트

나만의 넷플릭스에 접속하라

　밥을 먹으며 재미난 영상 한 편을 보고 싶을 때가 있습니다. 요즘 말로 '밥 친구'라고도 하지요. 그런 날엔 오랜만에 OTT 서비스에 접속합니다. 넷플릭스, 티빙, 쿠팡플레이 등을 들어가 보면 클릭 한 번으로 수많은 이야기가 펼쳐집니다. 하지만 풍요 속의 빈곤이라는 말처럼, 아무리 찾아봐도 도통 보고 싶은 작품이 없습니다. 그런 날엔 포스터와 제목만 구경하다가 그만 준비한 밥이 다 식어버립니다. 고심해서 하나를 선택할 즈음에는 식사가 벌써 다

끝나버리기도 합니다.

글쓰기 초심자에게는 이와 비슷한 일이 생겨납니다. 노트도 준비됐고 펜도 준비됐는데, 도대체 어떤 이야기를 써야 할지 모르겠다는 막막한 느낌입니다. 텅 빈 노트를 뚫어져라 본다고 이야기가 나오는 건 아니니까요. 이 지점에서 우리는 쉽게 포기하게 됩니다. '나는 도저히 할 이야기가 없어'라는 해명 아닌 해명을 하면서요. 내 안에서 표현되고자 하는 이야기들은 또다시 깊은 내면의 동굴로 들어가 버립니다.

우리가 이렇게 주저할 때 인식해야 할 것이 하나 있습니다. 우리는 이미 '나만의 OTT 서비스'를 갖고 있다는 사실입니다. 예를 들어 넷플릭스는 하나의 채널이지만 그 속에는 수많은 이야기가 포함되어 있습니다. 일상 드라마부터 로맨스, 코미디, 판타지, 어떤 날에는 누아르. 그중 어떤 장르라도 좋습니다. 혹은 다큐멘터리도 있습니다. 잔잔하게 이야기를 담는 다큐멘터리는 주인공의 입장에서는 평범한 이야기일지 몰라도, 관객에게는 보편을 넘어선 새로운 시선이 됩니다.

어떤 장르든 상관없이 내가 편하게 할 수 있는 이야기를 찾아보세요. 그러니까 '나만의 넷플릭스'를 둘러보는 것입니다. 엇쓰기를 하는 우리는 이야기의 주인공이자, 동시에 그 모습을 호기심 넘치는 눈빛으로 바라보는 관객이기도 합니다. 심지어 여러분만의 사적인 슬픔과 아픔도 표현되는 순간부터는 한 편의 작품이 될 것입니다.

그리고, 한 가지 주의 사항

엇쓰기를 하는 동안에는 어떤 이야기를 써도 좋습니다. 하지만 단 한 가지 주의 사항이 있습니다. 엇쓰기 노트의 내용은 아무도 볼 수 없다는 것입니다. 친구, 가족은 물론이고 여러분 자도 글을 다시 들여다볼 수 없습니다. 이게 무슨 말도 안 되는 규칙인가 싶으시지요. 하지만 이런 주의 사항이 있는 데에는 이유가 있습니다.

우리에게는 완벽주의 레이더망이 있습니다. 완벽주의 레이더망은 모든 창작물을 비판적으로 바라보고, 그게 무엇이든지 꼬집어 질타합니다. 마치 처음 그림을 그린 세 살 아이에게 대학 입시 미술의 퀄리티를 기대하는 것과 같 지요.

완벽주의 레이더망은 현대인의 고질적 습관입니다. 요 즘에는 누구나 양질의 콘텐츠를 즐길 수 있습니다. 온라인 을 통해 국내뿐만 아니라 세계로 연결되면서 멋진 작품들 을 쉽게 접할 수 있지요. 보는 눈이 상향 평준화되어버린 것입니다. 이러한 사회문화적 배경은 분명 창작 활동에 도 움이 됩니다. 클릭 한 번으로 수많은 것들을 보고 배울 수 있는 환경이기 때문입니다. 그러나 상향 평준화된 작품과 나의 초창기 여정을 비교하는 마음이 들면 시작도 하기 전 에 지쳐버리기도 합니다. 창작은 멋지게 펼쳐지는 결과의 세계가 아니라는 걸 알아도, 우리가 보는 것은 오로지 화 려한 한 장면이니까요.

실은, 우당탕우당탕 나아가는 과정이 결국 수려한 작품 한 점의 실마리입니다. 그 외의 방법은 결단코 말하건대 없습니다. 그 실마리로 향하는 과정이 바로 부지런한 엇쓰 기, 즉 세 페이지 글쓰기를 통해 실천되는 것입니다.

엇쓰기를 할 때 자기 글을 다시 보지 못하는 이유는 여러분의 완벽주의 레이더망을 완전히 뿌리째 뽑아버리기 위함입니다. 맞춤법이 틀리고, 띄어쓰기도 엉망이고, 글자가 구불구불해도 괜찮습니다. 그 모습 그대로를 남겨두세요. 완벽주의 레이더망에 꼬집힌 요소들이 여러분의 용기 있는 창작 과정을 가로막지 않도록 하세요.

또 다른 이유가 하나 더 있습니다. 그것은 바로 자기 창작물에 대한 탐닉을 경계하기 위함입니다. 우리는 엇쓰기를 통해 매일 재생되는 영감을 풀어내는 과정에 돌입합니다. 이는 마치 근력운동과 같습니다. 창조력을 단련하기 위해서는 매일 조금씩이라도 같은 움직임을 반복하는 것이 도움이 됩니다.

그러나 만일 과거의 창작물을 보고 또 보면서 그 안에 매료되어 빠져 버린다면 더 이상 창조력을 단련할 수 없겠지요. 이는 초기 창작자가 쉽게 빠지기 마련인 나르시시즘적인 습관입니다. 완벽주의 레이더망과는 완전히 정반대의 관점이라고 볼 수 있겠지요. 그런데도 방해 요소들은 곧 하나의 길로 연결됩니다. 과거의 창작물을 탐닉하며 매여있다 보면 결국엔 새롭게 쓰기를 주저하게 되기 때문입니다.

우리는 자기 작품에 대해 비관주의적으로 대응할 수 있고 또 나르시시즘적으로 대응할 수도 있습니다. 이 둘은 겉모습은 달라 보이지만 똑같은 방해꾼들입니다. 이러한 고질적인 습관들이 우리의 순환적인 창조 에너지를 방해하고 있습니다. 그러니 아무리 저항이 밀려들더라도, 엇쓰기 노트에 쓴 글은 누구도 볼 수 없다는 규칙을 꼭 기억하세요. 방해꾼들이 흘깃대지 못하도록 문을 꼭 잠가둔 채로 여러분이 나아가는 여정을 한 번 믿어보세요.

엄마 김치의 비밀

저의 어머니는 김치를 아주 좋아하십니다. 김장철이 아니어도 배추김치, 물김치, 깍두기 할 것 없이 자주 담가 드십니다. 한 번 맛보면 밥 두 공기는 그냥 뚝딱할 정도로, 어쩜 매번 그렇게 간도 딱 맞게 하시는지 신기합니다. 맛있다고 감탄하며 엄지를 세우면 어머니는 고수의 향기를 품은 한마디를 던집니다. "간도 안 봤는데."

어떻게 엄마 김치는 간을 안 보는데도 그토록 맛있는 걸까요? 그 이유는 어찌 보면 간단합니다. 엄마는 김치를 자주 담가보았기 때문입니다. 김치를 만들어 본 경험이 늘면 늘수록, 간 따위는 일일이 신경 쓰지 않아도 될 정도로 손에 익어버릴 테니까요.

유튜브 '박막례 할머니' 채널에는 몇 년째 사랑을 받는 간장 국수 레시피 영상이 있습니다. 조회수만 해도 600만이 훌쩍 넘도록 인기를 얻은 영상입니다. 영상 속에서 박막례 할머니는 간장 국수 레시피에 대해 하나하나 구체적으로 이야기하지 않습니다. 손녀딸인 유라 PD는 할머니께 묻습니다.

유라 PD: "숟가락을 안 쓰는데 어떻게 그렇게 맞춰?"
박막례 할머니: "그거야 내가 넣는 대로 맞추지. 숟가락으로 안 넣어도 더 정확해."

요리를 잘 모르는 초보자에게 '넣는 대로 맞춘다'는 말처럼 막막한 표현이 어디 있을까요. 하지만 박막례 할머니에게 그만큼 표현하기 쉬운 문장도 없을 것입니다. 식당 운영 경력만 43년인 박막례 할머니는 식초 정도야 눈을 감고도 계량할 수 있을 테지요. 이는 경험으로 인한 노하우입니다.

기술 이전에는 과정이 있다

요리든, 글쓰기든, 기술을 흡수하기 이전에는 과정이 있습니다. 김치의 간을 뚝딱 맞추는 저의 어머니나, 간장 국수 소스를 마법처럼 계량하는 박막례 할머니의 모습에는 그들만의 역사가 숨겨져 있습니다. 보이지 않는 시간 속에서 자연스럽게 우러난 노하우입니다. 우리는 그것에 대해 충분히 존중해야 합니다. 그렇지 않으면 초심자들은 시작 지점에서부터 좌절감에 빠져버릴 수도 있습니다.

여러분의 글을 다른 베테랑 작가의 글과 비교하지 마세요. 자신의 과정에 더욱 몰입하세요. 우리가 주로 존경하고 우러러보는 작가들은 이미 십여 년 이상, 혹은 몇십 년간 글쓰기를 해온 사람들입니다. 심지어 편집자나 출판사와 같은 보이지 않는 손들의 도움으로 더욱 멋지게 재탄생하기도 하지요. 작가로서의 기술과 노하우에 편집자의 영혼까지 깃들었으니 그 글은 초심자의 것과 다를 수밖에 없습니다. 그런데도 우리는 쉽게 그들의 작품과 나의 첫 시도를 비교하게 됩니다.

비교에 휘청이는 마음을 다루는 좋은 방법이 하나 있습니다. 바로 그들의 입장에서 나를 바라보는 것입니다. 수많은 세월 동안 글을 갈고닦아온 실력자들이 초심자인 나를 보면 어떻게 느낄까, 심지어 은근히 속으로 질투하고 있는 모습을 본다면 어떨까, 하고 상상의 나래를 펼쳐보는 겁니다. 그것은 그들이 베테랑 작가로서 걸어온 여정이 무안해지는 일이지 않을까요. 마땅히 존중받을 만한 노력과 쏟아낸 애정의 척도가 초심자의 질투 하나로 상쇄되어 우스꽝스러워지기도 합니다.

더 쉽게 말하자면 그것은 초등학교 3학년 학생이 1학년을 바라보는 느낌과 비슷합니다. 입학한 지 얼마 되지 않은 1학년은 3학년을 동경하고 그들만큼이나 학교에 익숙해지고 싶지만, 사실 처음부터 그럴 수는 없습니다. 무조건 2학년이 되는 과정이 필요하지요.

실력자를 바라보는 태도

나보다 더 유능해 보이는 누군가를 마주치면 부러움과 질투심이 일어날 때가 있습니다. 질투심 자체는 자연스럽고 인간적입니다. 하지만 감정에 대응하는 방법을 돌아볼 필요는 있습니다. 안 그래도 실력으로 스스로를 연민하게 되는데, 빼꼼 얼굴을 내미는 쪼잔함까지 건강하게 소화하기란 여간 복잡한 일이 아니지요. 저도 종종 그런 감정이 들 때가 있는데 그럴 때면 마음을 다잡고 생각합니다. 실력 있는 이들이 흡수해서 낭창하게 누리는 결과만을 볼 것이 아니라, 그들이 그곳까지 닿기 위해 노력했을 과정을 떠올려보자고요.

여기서 우리가 간과하고 있는 점이 하나 있습니다. 실력자의 존재는 무조건 나에게 도움이 된다는 것입니다. 질투와 부러움의 에너지를 배움과 성장의 동력으로 이끌 수 있다면요. 그들은 선지자로서 우리가 가고자 하는 길 혹은 갈 수도 있는 길을 이미 걸었습니다. 수많은 시행착오에 관해 그들이 경험한 바를 귀 기울여 듣다 보면 내가 앞으로 걸어갈 여정을 조금 더 풍성하게 만들 수 있습니다.

엇쓰기 모임

심지어 예상되는 함정도 주의하여 피할 수도 있습니다. 내면에서 일어나는 얄팍한 감정을 잘 소화할 수 있다면 사실 그들은 선생님이자 멘토와 같은 소중한 존재가 될 수도 있습니다.

'시작이 반'이라는 말이 있지요. 무언가 새로 시작하는 단계에서는 가장 저항이 큽니다. 그런데도 여러분은 시작의 저항을 뚫으며 한 발 한 발 조금씩 나아가고 있습니다. 그것만으로도 이미 충분히 잘 해내고 있는 것 아닐까요.

밖으로 향하는 눈을 돌려서 나로 한 번 돌아와 보세요. 새로운 역사를 쓰고 있는 여러분의 과정에 조금 더 집중해 보는 겁니다. 진정한 나의 위치를 알고, 앞으로 더욱 성장하기 위해 어떤 것이 필요할지 곰곰이 생각해 보세요. 그러면 지금부터 할 수 있는 일이 무엇인지 알게 되고, 오직 실천과 행동이라는 해결책만을 눈앞에 두고 있을 것입니다.

리슨! 나의 일상 리듬

여러분은 듣기만 해도 몸이 저절로 움직이는 음악이 있나요? 저는 신나는 외국 팝송이나 케이팝 아이돌 음악을 들으면 고개가 자연스레 끄떡입니다. 어느새 발로는 박자를 타고 있고요. 한 번은 지하철에서 마이클 잭슨의 '빌리진Bille Jean'을 들은 날이었는데요, 첫 리듬이 흘러나오자마자 그때는 정말 벌떡 일어서서 문워크라도 하고 싶은 심정이었습니다.

마이클 잭슨은 전 세계인에게 사랑받는 수많은 명곡을 만들어 낸 가수이자 퍼포머입니다. 그는 한 인터뷰에서 이렇게 말했습니다. "춤을 출 때 생각하는 것은 가장 큰 실수다. 춤은 느끼는 것이다." 그의 음악을 듣는 순간만큼은 정말 춤을 느낄 수 있는 듯합니다.

리듬 위에서 몸의 움직임은 쉽게 포개어집니다. 춤을 추기 전에는 먼저 리듬을 느껴야 합니다. 그리고 리듬은 배경 음악에 존재합니다. 마치 제가 지하철에서 고개를 끄덕이고 발을 구르기 전에, 이어폰을 타고 흘러든 빌리 진이 있었듯이요. 거창하지 않아도 우리는 모두 배경 음악 아래에서 움직입니다. 침묵 속에 울리는 심장 박동도 몸의 언어로는 하나의 배경 음악입니다.

리듬을 타기 위해서는 먼저 배경 음악을 인식해야 합니다. 그러니까, 내가 리듬을 타려는 음악이 어떤 음악인지 먼저 귀를 기울여야 합니다. 삶과 동시에 심장박동이 존재하듯이 말입니다. 이어폰으로 흘러든 음악이든 쿵쿵 뛰는 심장 박동이든 인식하는 순간 그것은 음악입니다. 배경 음악을 들으며 리듬을 인식하고 있을 때는 움직임이 훨씬 더

쉬워집니다. 앞서 마이클 잭슨이 말했듯이 춤은 생각하는 것이 아닙니다. 춤은 리듬을 느끼는 과정에서 자연스럽게 드러난 움직임입니다.

여기서 질문 하나를 건네보려 합니다. 여러분은 평소 어떤 리듬으로 살고 있나요? 오늘 하루, 여러분의 일상 리듬은 어땠나요? 여러분은 언제 일어나고, 언제 식사를 하고, 언제 잠에 드나요? 나의 하루를 한 번 곰곰이 돌아봅시다. 하물며 불규칙한 리듬도 리듬입니다. 어떤 패턴이라도 괜찮으니 내 일상을 한 번 점검하며 인식해 보세요.

엇쓰기 좋은 질문 001

Q. 오늘 하루, 나의 일상 리듬은 어땠나요?

단어 또는 문장으로 자유롭게 묘사해 보세요.

(시간, 공간, 활동 등)

A.

리듬 타며 글쓰기

우리는 모두 일상 리듬에 따라 춤추고 있습니다. 그것은 직업 활동, 취미, 혹은 가족이나 친구들과 보내는 시간일 수도 있습니다. 한편 눈을 깜빡이고, 밥을 먹고, 소화를 하는 등 생리 현상조차 하나의 리듬입니다.

아무리 촘촘하게 짜인 일상이라도 어딘가에는 얼기설기 엮인 공간이 존재합니다. 그 공간은 휴식하는 시간을 말하는 것이 아닙니다. 휴식도 아주 중요한 일상이니까요. 대신 우리는 훨씬 더 적극적으로 활용할 수 있는 시간대를 어딘가에서 찾아낼 수 있습니다.

예로 제가 아는 한 작가는 지하철 이동 시간에 글을 쓰는 루틴이 있었습니다. 그는 출퇴근 이동시간에 쓴 글을 엮어서 독립출판물을 펴냈습니다. 이기주 작가의 『언어의 온도』도 비슷합니다. 그는 지하철이나 버스에서 마주치는 사람들과 기억나는 대화 내용들에서 영감을 받아 이야기를 썼습니다. 즉, 글의 원천은 일상 활동 반경이었지요. 책을 수 권 쓸 때까지 회사원이었던 그는 글쓰기를 저항 없이 삶의 틈새에 안착했습니다.

여기서 중요한 사항은 '저항 없이' 움직인다는 것입니다. 평소 나의 일상 리듬을 해치지 않는 선에서 새로운 시도를 해보는 것이지요.

우리가 글쓰기를 한다고 마음을 먹을 때 대개 상상하는 이미지가 있습니다. 책상 앞에 앉아 몇 시간이고 펜을 들고 있는, 혹은 노트북 앞에서 골몰히 생각에 잠긴 모습입니다. 어쩌면 실상은 조금 다를지도 모릅니다. 앤 라모트의 『쓰기의 감각』에서 작가는 이렇게 말합니다.

> "나는 아름다운 문장으로 수많은 독자의 사랑을 받으며 많은 돈을 벌어들이는 베스트셀러 작가 몇 명과 알고 지내는데, 그 중에 글쓰기가 수월하다는 사람은 아무도 없다. 자리에 앉자마자 기계가 작동하듯이 글쓰기에 대한 열망과 확신이 발동되는 것도 아니다."

글쓰기와 작가에 대한 환상을 덜어내고, 나의 일상에서 쉽게 해낼 수 있는 일을 실천에 옮겨보는 것은 어떨까요? 여기서 가장 중요한 것은 나의 평소 리듬에 대한 존중입니다. 갑자기 하루아침에 1시간씩 글 쓸 시간을 내는 것보다, 오늘 하루 가능한 딱 10분 만이라도 투자해 보는 편이 낫습니다. 기존의 일상에 최대한 덜 부담되는 방향으로 시도해 볼 수 있습니다. 평소 활동 반경을 크게 해치지 않는 선에서 조금씩 조금씩 글쓰기 할 시간과 공간을 내어보세요.

그리고 꼭, 매일 스스로 체크하세요. 어릴 적에 포도알 스티커를 모으듯이, 매일매일 소소한 글쓰기 경험을 쌓아보세요. 피치 못해서 하루 거른 날이 있어도 다음날부터 다시 시작하면 됩니다. 인내심을 기르고 융통성을 발휘하는 과정입니다.

저의 경우 세 페이지 글쓰기는 아침 시간을 활용하는 편입니다. 잠에서 깨어난 직후의 뇌는 깔끔하게 청소된 책상과 같습니다. 뇌 대사 노폐물이 가장 적어서 최고의 집중력을 유지합니다. 그간 경험한 일 중에서 쓸만한 것들만 모아서 남겨두고, 필요 없는 것들은 가차 없이 심연으로 사라진 상태입니다.

아침에는 세 페이지의 글을 쓰며 차분히 묵은 감정들을

마주합니다. 빠르면 15분, 길면 30분가량을 투자합니다. 마음의 잔해들을 쓸고 닦는 시간입니다. 오늘 할 일을 돌아보며 하루의 기반을 다지기도 합니다. 그리고 저녁에는 감사일기를 쓰며 하루를 마무리합니다.

아무리 아침 시간을 활용하는 게 좋다고 하더라도 누구에게나 적용되는 것은 아닙니다. 직업적인 이유에서나 자신만의 루틴에서나 아침 시간 활용을 선호하지 않는 사람들도 많지요. 그렇다면 오후 시간에 글을 쓰는 것도 괜찮습니다.

앞서 진행된 오프라인 엇쓰기 모임에서 여섯 명의 파트너와 함께 엇쓰기 도구를 활용해 보았습니다. 그중 약 20퍼센트만이 아침에 글을 썼고, 80퍼센트는 오후 시간이나 저녁 시간을 활용했습니다. 그러나 파트너들은 모두 엇쓰기의 효과를 누렸습니다. 그러니 걱정하지 말고 자신의 리듬에 맞는 시간과 공간을 활용하여 시도해 보세요.

엇쓰기의 효능

　어제는 시장에서 우엉차를 샀습니다. 가을빛의 말린 우엉을 한가득 들고 집으로 오는 길엔 마음도 왠지 풍성하더군요. 끓인 물에 5분간 우려낸 우엉차는 고소하고 따뜻한 향기를 냅니다. 달큰한 감칠맛은 근사하지요. 아주 건강해지는 맛입니다. 저는 이렇게 건강한 맛을 내는 음식을 만나면 왠지 효능이 궁금해집니다. 효능을 발휘하기 위해선 아마 우엉을 한 포대 정도 우려 마셔야 할 텐데도 말입니다. 이성의 좌절에도 굴하지 않고 저는 휴대폰을 들고 검색창을 켭니다.

'우엉의 효능.'

아하! 우엉 껍질에는 이눌린이라는 성분이 있다고 합니다. 이눌린은 수용성 식이섬유로 배변을 활발하게 하고, 담즙산을 배출시켜서 콜레스테롤 수치를 내린다고 해요. 어렵고 생소한 전문 용어들 사이사이 유혹적인 단어들이 쏙쏙 눈에 들어옵니다. '배변 활발', '콜레스테롤 수치 내림'. 우엉차 한 모금을 마실 때마다 왠지 소화가 더 잘되는 기분이 듭니다.

저는 이 장에서 여러분께 엇쓰기의 효능을 소개해 드리고자 합니다. 큰 그림을 보고 나서 움직이는 것은 다르기 때문입니다. 엇쓰기의 매력적인 효능을 지침 삼아 여러분의 글쓰기 소화 작용도 원활히 이루어지기를 바랍니다.

두려움 다루기

엇쓰기의 효과 첫 번째는, 두려움을 다룰 수 있다는 점입니다. 꾸준히 엇쓰기를 하면 두려워하지 않고 글을 쓰고 표현할 수 있게 됩니다.

글쓰기뿐만 아니라 모든 창작 활동에 대해 초심자는 기본적으로 두려움을 느낍니다. 무언가를 처음 한다는 것은 완전히 실수해 보겠다는 결심이기 때문입니다. 두려움은 대개 베일에 감싸져 있습니다. 그것은 실패에 대한 공포감이기도 하고, 타인에 대한 부러움이나 질투이기도 합니다. 혹은 별거 아닌 듯 흘겨보는 냉소나, 꼬투리를 잡고 비판하거나 비관하는 습관으로 나타나기도 합니다. 이 모든 감정의 뿌리는 두려움입니다.

두려움은 우리 모두의 내면에 자연스럽게 흘러넘치는 창조성을 가로막습니다. 창조적 용기를 실현하는 대신에 공포, 질투, 냉소, 비관 등을 통해서 과거의 자기를 유지하고자 합니다. 그것이 단지 껍데기일 뿐이라도요. 두려움은 절대 몸을 움직이지 않습니다. 글을 쓰고, 그림을 그리고, 춤을 추고, 노래를 부르지 않습니다. 대신에 그것은 생각하고, 말하고, 표정을 지으며 이루어지지 않은 미래에 대해 겁을 냅니다. 줄리아 카메론은 『아티스트 웨이』에서 두려움에 대해 이렇게 말합니다.

"두려움은 당신이 자신도 모르는 절망에 빠져 있음을 뜻한다. 그렇다면 당신의 두려움을 글에 담아보라. 무엇이든 세 쪽에 걸쳐서 적는 것이다."

우리는 모두 자신만의 이야기를 갖고 있습니다. 여러분의 이야기는 하나하나 특별한 재미 요소를 품고 있습니다. 아마도 여러분은 믿지 못할지도 모릅니다. 내가 아는 이야기에 대해 지루하고, 뻔하고, 평범하다고 여길지도요. 하지만 정말 표현해 보기 전까지는 결코 알 수 없습니다.

엇쓰기를 하다 보면 종종 신기한 경험을 합니다. 다루기 어려운 감정과 생각들을 글로 쓰거나 자연스럽게 표현하는 순간 꽹장히 편안해진다는 것입니다. 생각의 세계에서 보고 듣고 맛보던 두려움은, 글과 활자로 펼쳐내면서 이미 역할을 다합니다.

여기서 우리는 몇 마디 말들을 마주합니다.

'나는 너무 지루한 사람이라서 내가 쓴 글도 지루할 거야.'

‘혹시 너무 뻔한 이야기를 하는 건 아닐까?’

‘내가 보기엔 특별한 점이 하나도 없어.’

‘내가 뭐 그렇게 대단하다고 이런 글을 쓰겠어.’

여러분의 내면에 들이치는 폭풍의 문장이 있을 것입니다. 아마도 주로 비관적인 쪽으로 여러분을 밀어내는 무시무시한 감정들입니다. 그것은 지금까지도 여러분이 귀를 기울여 들어주기만을 기다리고 있습니다.

비관적인 메시지를 적극적으로 받아들여야 할 이유가 있습니다. 비관적인 것의 반대편, 완전히 긍정하는 힘을 기르기 위함입니다. 스스로를 수용하고 이해하는 여정을 걷기 위해서 우리는 먼저 저항을 내려놓아야 합니다. 내 안에 무슨 이야기가 들리든지 간에 있는 그대로 관심을 가져보세요.

혁명이 시작되는 순간은 그다지 친절하지 않습니다. 기꺼이 불친절을 받아들이고 용기 있게 마음의 소리에 귀를 기울여 봅시다. 받아쓰기하듯이 그저 내 마음에서 들리는 문장들을 그대로 옮겨 적어 보는 겁니다.

지금 여러분의 마음에서는 어떤 이야기가 흘러나오나

요? 마음이 가는 길을 가로막지 않고, 불친절을 그대로 따라 보세요. 두려움을 다루는 방법은 그것과 제대로 마주하는 것입니다.

엇쓰기 좋은 질문 002

Q. 지금 떠오르는 두려움의 단어와 생각들을 아래에
자유롭게 써보세요. 원한다면 욕이나 경멸, 분노와
공포를 담은 불친절한 용어를 마구 사용해도 괜찮습니다.

A.

자기 신뢰는 어디서 오는가

엇쓰기의 두 번째 효과는, 작은 성취를 통해 자기 효능감과 자기 신뢰를 쌓을 수 있다는 점입니다. 자기 효능감이란 '이것도 했으니, 저것도 할 수 있겠다'는 내면의 신뢰감입니다. 스스로 능력치를 알고 느끼는 자신감입니다.

우리가 앞 장에서 들여다본 두려움은 자기 효능감과 정반대에 위치합니다. 두려움과 자기 효능감의 다른 점은 딱하나죠. 바로 '행동'의 유무입니다.

두려움은 행동으로 쉽게 스러집니다. 이는 참 역설적입

니다. 두려움은 계속해서 여러분이 행동하기를 막을 것입니다. 그러나 아주 작은 행동이라도 하는 순간, 두려움은 자취를 감추고 흩어집니다.

'그렇게 두려워했는데 해냈구나.'

'이 정도면 할 수 있을지도 몰라.'

생각의 전환점을 맞이하는 순간입니다. 이는 결실이 아니라 과정에서 맺어집니다. 방금까지 어두컴컴한 두려움의 늪에서 허우적대다가 행동 하나로 이렇게 곧바로 생각을 전환하다니! 저는 이것이 정말 불가능한 일은 아니라고 생각합니다. 내가 바라는 바와 맞닿은, 아주 작은 목표 한 가지를 달성하는 경험을 통해서라면 충분히 가능합니다.

저는 과거 오랫동안 패션디자이너가 되는 것이 꿈이었습니다. 초등학생 때는 엄마가 사준 긴 팔 셔츠를 리폼해 입었고, 동네 골목시장에서 산 알록달록 체크무늬 스카프를 휘황찬란 두르고 다녔습니다. 중학생 때는 온라인 중고 시장에 입문해서 옷이나 신발을 사고팔며 비밀스러운 취미를 즐기기도 했고요.

고등학교를 진학할 무렵부터는 옷에 대한 저의 열정이

패션디자인이라는 진로를 향하고 있다는 걸 알게 되었습니다. 그토록 좋아하는 옷을 직접 만들어보는 건 어떨까, 하는 호기심이 바로 그 실마리였습니다. 미술 시간에는 인형 옷을 만들어보고, 집에 있던 오래된 한의원 가방으로 클러치를 만들어보기도 했지요. 결국 대학도 패션디자인 학과를 진학하여 전문적인 공부에 몰입했습니다. 휴학 후에는 저의 꿈이었던 패션 브랜드를 만드는 경험도 해보고요.

패션디자이너가 되고 싶다는 목표로 향하는 길에서 저는 수많은 작은 계단을 걸었습니다. 이 계단은 옷을 졸업 패션쇼에 올리거나, 브랜드를 창업하고 프로젝트를 달성하는 등의 거창한 결과가 아니었습니다. 오히려 옷과 디자인에 대한 일상적인 관심으로부터, 그리고 호기심에서 비롯된 작은 시도로부터 시작되었습니다.

초심자로서 글쓰기를 시도해 보기까지, 보이지 않는 수많은 과정이 있습니다. 첫 번째로 그것은 글을 쓸만한 노트를 고르는 일부터 시작됩니다. 손에 편하게 쥐어지는 연필이나 펜도 필요합니다. 글을 쓸 시간과 공간을 내는 것도 하나의 과정입니다. 이를테면 책상 앞에 앉는 일도 하나의 단계일 수 있습니다.

글쓰기라는 목표 안에서 가장 해볼 만한 첫 시도는 집에서 쓸만한 노트를 찾아보는 일, 혹은 문구점에 가서 노트를 사보는 작은 행동입니다. 여러분은 퇴근 후 집 근처에 있는 문구점에 들러볼 수도 있고, 오랜만에 책장을 들여다보는 시간을 가져볼 수 있습니다.

괜찮은 노트를 하나 구했나요? 그러면 한 손에 노트를 꼭 쥐고 또 다른 최소 단위의 목표를 정해 보는 겁니다. 이제는 펜이나 연필을 구해보는 일입니다. 혹은 두 가지를 한 번에 찾았다면, 바로 글쓰기에 돌입할 수도 있습니다. 자유롭게 세 페이지를 채우는 자유 형식의 글쓰기입니다. 만약 세 페이지가 너무 많게 느껴진다면 첫날에는 한 페이지만 채워보는 것도 좋습니다.

마구잡이로 쓰는 이야기 속으로 푹 빠져보세요. 생각이 가는 대로 손이 그리는 대로 따라가 봅니다. 여기서도 작게 보자면 한 단어 한 단어, 한 문장 한 문장이 모두 가치 있는 시도이자 목표가 될 수 있습니다. 한 문장을 쓰고 나서는 완전히 다른 주제로 문장을 시작해도 됩니다. 이곳은 여러분의 자유로운 놀이터입니다. 완벽하게 솔직한 나와 대면할 수 있는 여러분만의 개인적인 공간입니다. 그 누구도 글을 다시 볼 수 없도록 하는 주의 사항도 잊지 마시길 바랍니다.

2주 차

감정

감정을 말하는 방법 익히기

　여러분은 '감정'이라는 단어를 보면 어떤 느낌이 드나요? 편안한가요, 혹은 걱정이 먼저 드나요? '감정적이다'라는 말이 왠지 좋지 않은 뉘앙스로 들리진 않나요?

　우리는 대개 감정을 다루기 어려워합니다. 감정보다 이성이 우월시되는 건 18세기 유럽의 계몽사상에서부터 전해져 내려왔습니다. 언뜻 보면 비합리적인 듯한 감정을 배제하고, 이성의 합리성을 내세우는 것은 인류의 오랜 습관입니다. 하지만 인간의 삶은 항상 합리에 의해서 굴러가지

는 않습니다. '착한 놈보다 나쁜 놈이 더 잘 먹고 잘 산다'
는 말도 있지요. '그렇게 잘해줬는데 배신하더라'는 말도
흔하고요. 머리로는 이해가 되지만 가슴으로는 전혀 와닿
지 않는 이러한 예외적인 상황들 속에서 감정적인 경험이
화두가 됩니다.

우리 안에서 일어나는 감정은 대체 무엇일까요? 대개
비합리적이고 느닷없는 감정을 우리는 어떻게 설명할 수
있을까요?

지금 기분이 어때요?

감정을 이야기하기에 앞서, 실문 하나를 던져보겠습니
다. 여러분은 지금 기분이 어떠신가요? 행복하신가요, 궁
금하신가요, 혹은 편안하신가요? 반대로 여러분은 두려울
수도, 불쾌할 수도, 답답할 수도 있습니다. 뒷장의 감정 단
어 목록을 보고 현재 나의 기분이 어떤지 한 번 찾아보세
요.

감정 단어 목록

쾌				
행복하다	즐겁다	재미있다	기쁘다	좋다
신난다	유쾌하다	통쾌하다	가볍다	후련하다
자신감있다	자랑스럽다	만족스럽다	뿌듯하다	활기있다
기대된다	신기하다	궁금하다	설레다	짜릿하다
편안하다	평온하다	사랑한다	감동하다	고맙다
벅차다	안심하다	존경하다	믿음직하다	든든하다

불쾌				
슬프다	우울하다	걱정된다	불안하다	외롭다
두렵다	아프다	허무하다	속상하다	억울하다
괴롭다	싫다	낯설다	두근거린다	부끄럽다
못마땅하다	불쾌하다	질투난다	심심하다	시시하다
귀찮다	힘들다	답답하다	후회하다	아쉽다
무섭다	혐오스럽다	아찔하다	화나다	난처하다
답답하다	당황스럽다	안타깝다	실망스럽다	서럽다
섭섭하다	짜증난다	무기력하다	지친다	공허하다
좌절하다	비참하다	불편하다	꺼림칙하다	섬뜩하다
부끄럽다	혼란스럽다	지겹다	거북하다	피곤하다

엇쓰기 모임

어쩌면 감정을 표현한다는 건 매우 불편한 경험일 수 있습니다. 그게 기쁨이나 즐거움과 같은 유쾌한 감정이든, 분노나 짜증과 같은 불쾌한 감정이든 간에 드러내기 어려운 건 매한가지입니다. 앞서 말했듯 이성과 합리를 우월하게 여기는 인류의 오랜 계몽주의적 습관 때문입니다.

생생하게 살아있는 감정은 항상 우리 내부에 존재합니다. 하지만 가끔은 그것을 말하지 않는 편이 더 나아 보일 때가 있습니다. '감정적인 사람'이라는 평가로 찍히는 낙인은 너무나도 매서우니까요.

인간은 타인과 조화롭게 살아가야 할 숙명을 지녔습니다. 우리는 나의 표현이 상대방에게 상처가 될 수도 있다는 두려움으로 인해 감정을 저 심연 속에 묻어두기도 합니다. 깊어진 감정의 무덤은 결국 스스로를 괴롭게 합니다. 표현되지 않고 감각되지 않은 감정은 무의식에 상흔을 남기기 때문입니다.

그렇다고 해서 내 안에서 일어나는 감정을 되는대로 마구 내뱉어야 할까요? 물론 그렇지는 않습니다. 감정을 다룬다는 건 무의식적인 억압도, 일차원적인 표출도 아닙니다.

엇쓰기 모임 2주 차에서 우리는 감정을 다루는 제3의 방법, 즉 내 감정을 씹어 삼켜 소화하는 방법을 배워볼 것입니다.

감정의 출처를 따라서

감정은 우리의 내면세계에서 일어납니다. 눈에 보이지 않고, 느껴지기만 할 뿐이지요. 나 이외의 사람에게는 결코 백 퍼센트 전달될 수도 없습니다. 감정은 일차적으로 '나'와의 관계를 기반으로 합니다. 처음에는 이 말이 의아할 수도 있습니다.

"아니, 그 사람이 정말 나를 화나게 했다니까요?"
"그 사람이 나를 슬슬 무시하는 게 보였다니까요?"

나를 분노케 하는 상황에 놓여있다 보면, 우리는 내 감정을 다른 무언가에 의한 것이라고 여깁니다. 출근길 지하철에서 발을 밟고선 모른 척 지나치는 사람, 일터에서 속을 슬슬 긁는 직장동료나, 무례한 말을 던지는 친구까지. 우리는 감정의 출처를 찾아냅니다. 하지만 불편한 진실은 따로 있습니다. 감정의 출처는 바로 내 안에 있다는 것입니다.

이를테면 왠지 기분이 좋지 않은 날은 누구나 있습니다. 뭘 해도 축 처지기만 하는 날이요. 저에게도 그런 날이 종종 있는데, 그럴 때 저는 평소보다 훨씬 더 날이 서있습니다. 다른 때였다면 쉽게 넘어갈 타인의 실수도 꼬집어 욕하고, 버럭버럭 화를 내보기도 하지요. 나중에 돌아보면 왜 그랬을까 후회하기도 합니다.

감정은 사실 출처가 불명확한 요소입니다. 물론 상황적인 면이 충분히 영향을 끼칠 수 있지만, 궁극적으로는 내 마음이 지옥인지 천국인지가 감정의 핵심에 더 가깝습니다. 그렇기에 감정의 일차적 출처인 내면에 관심을 기울여 보는 겁니다.

방법은 아주 단순합니다. '오늘 기분이 어때?' 한 번 다정하게 스스로 물어보는 겁니다. 답변이 그렇게 다정하거나 친절하진 않을 수는 있어도요, 질문만큼은 정말 사랑하는 사람의 안부를 묻듯이 마음을 내어봅니다.

그러면 우리는 내 마음의 청자로 전환됩니다. 어떤 기분 상태인지 조금씩 관심을 기울이게 됩니다. 어쩌면 그 기분 상태는 나를 감정적으로 혼동하게 했던 상황 이전에도 이미 잠재해 있던 에너지였을지도 모릅니다. 요 며칠 잠을 충분히 자지 못했다거나, 끼니를 잘 챙겨 먹지 못했다거나, 괜히 신경 쓰이는 일들이 있었다거나 하는 식으로요.

감정을 바라보는 다정한 시선

여러분은 그런 경험 있으신가요? 왠지 기분이 좋은 날, 세상이 모두 예뻐 보이는 경험. 똑같은 길을 걸어도 길가에 핀 꽃 하나하나가 눈에 보이고, 고개를 드니 하늘에 뜬 구름까지 아름답게 보이는 그런 날. 그것은 실제 그 풍경 자체가 멋진 것일 수도 있지만 그전에 꽃과 하늘을 바라다보는 시선이 아름다운 것이기도 합니다.

감정적으로 어려운 상황에 놓여있을 때 항상 아름다운 눈으로 세상을 바라보기란 쉽지 않습니다. 하지만 어떤 상황에서도 다정한 시선을 가질 수 있습니다. 세상을 향한 시선이 아니라, 나를 향한 다정한 시선. 화가 난 나를, 슬픈 나를, 우울하거나 속상한 나를 바라보는 다정한 시선. 사랑하는 누군가의 어깨를 토닥토닥 쓰다듬는 애틋한 손길처럼 우리는 스스로를 돌볼 필요가 있습니다. 최소한 나의 기분을 틈틈이 살펴보는 것만으로도 우리는 내면의 감정을 대하는 불편감을 조금씩 완화할 수 있습니다.

감정 이진법

여러분은 이진법에 대해 들어보셨나요? 이진법은 0과 1만으로 모든 것을 만들어내는 수 체계입니다. 이를테면 모스부호는 대표적인 이진법의 원리입니다. 모스부호는 짧은 점과 긴 점 두 가지 정보로 나타나는 부호로 0과 1만을 이용하는 이진법과 매우 흡사하지요. 이외에도 컴퓨터와 스마트폰, QR코드와 바코드도 이진법의 원리를 사용합니다. 바코드는 흰 줄과 검은 줄의 개수 차로 셀 수 없이 많은 코드를 만들어낼 수 있습니다. 반면 십진법은 0부터

엇쓰기 모임

9까지 모든 숫자를 사용하는 수 체계입니다.

감정은 이진법이라기보다는 십진법인 것처럼 보입니다. 기쁘고, 슬프고, 행복하고, 화나는 등 감정은 아주 다층적이고 다면적이지요. 하지만 뇌의 관점에서 본다면 그것은 이진법에 가깝습니다. 놀랍게도 우리의 뇌는 모든 사건을 쾌나 불쾌로 먼저 인식합니다. 다양한 정보를 한 번에 처리하기 때문에 지름길을 우선하는 것이지요.

여러분은 이런 경험 해본 적 있으신가요? 어젯밤 왠지 기분이 안 좋았는데, 그 이유에 대해서는 까맣게 잊어버린 적. 혹은 친구와 싸우고 나서는 무엇 때문에 싸웠던 건지 도통 알 수 없을 때도 있습니다.

시간이 지나면 상황적인 이유보다는 감정이 주요한 기억으로 남아 있습니다. 어느 순간에 느꼈던 분노, 불편함, 속상함, 억울함과 같은 감정 기억으로 상황을 인식하기도 합니다. 감정의 십진법적 접근 이전에, 먼저 쾌 혹은 불쾌를 결정하는 이진법적 접근이 우선하는 이유입니다.

가끔 어떤 감정에 대해서 구체적으로 설명하기 어렵기도 합니다. 그럴 때는 뇌의 지름길, 즉 감정의 이진법을 따라가 보는 것이 하나의 방법입니다. 내가 구체적으로 행복한지, 즐거운지, 슬픈지, 답답한지 느껴보기 전에, '나는 지금 기분이 좋은가, 좋지 않은가'에 대해 스스로 먼저 살펴보는 것이지요.

내 감정, 왜 알아야 할까

"자신이 느낀 감정을 이해하고 표현할 수 있다면 인간의 행복 지수는 크게 올라갑니다. 마음속에서 일어난 변화에 당황하지 않고 잘 대처할 수 있기 때문이지요."

– 최형미 글, 임성훈 그림 『행복한 감정 사전』중

인간은 모두 행복해지고자 합니다. 더욱 만족하고 편안하기를 바라는 것은 당연한 인간의 욕구입니다. 짠맛을 알기 위해서는 소금을 맛보고, 단맛을 배우기 위해서는 설탕을 맛봐야 알 수 있는 것처럼, 만족하고 편안하기 위해서는 먼저 그것이 무엇인지 알아야 합니다.

오롯이 내 안의 감정에 집중하면 변화의 문이 열립니다. 먼저 나의 기분을 살피는 연습부터가 시작입니다. 그때부터 감정은 더 이상 억압되지 않으며 자신의 몫을 다합니다.

감정의 목적은 '충분히 느껴지는 것'입니다. 감정은 하나의 신호입니다. 그 신호는 여러분에게 특정한 행동 메시지를 던집니다. 마치 급하게 소변이 마려울 때 그 간질간질하고 다급한 느낌을 통해 화장실을 가야겠다고 인식하는 것처럼요. 감정과 친해지는 과정을 거쳐야만 단연 행복감도 잘 다룰 수 있습니다. 행복도 감정의 한 종류이기 때문입니다.

감정에 눈 맞추기

나의 감정과 기분을 돌아보는 것은 나를 이해하는 여정의 키 포인트입니다. 감정에 귀를 기울이고 관심을 갖다 보면 궁극적으로 스스로를 더 깊게 이해하게 됩니다.

최근에 저는 한 가지 알게 된 사실이 있습니다. 종종 불안감을 느낄 때, 행동하거나 말을 하면서 불편한 감정을 상쇄시키려 한다는 것이었습니다. 그런 노력은 대개 상황을 더 좋지 않은 쪽으로 몰고 갔고요.

이를 깨닫고 나서야 강박적으로 행동하는 습관을 멈출 수 있었습니다. 대신 침묵하고 관조하며 상황을 관찰합니다. 말과 행동에 잠깐 정지 버튼을 누릅니다. 인내심을 갖고 이 불편한 순간을 허용하는 것입니다. 그러면 상황은 곧 평탄하게 흘러갑니다. 억지스러운 개입 없이도 많은 것들이 스스로 풀리고 해소되었습니다.

그동안 저는 관계 속에서 필연적으로 일어나는 불편한 상황을 받아들이지 못했습니다. 불편함을 편안함으로 돌려놓기 위해 벌였던 갖은 노력은 사실 상황을 해소하려는 목적이기보다는, 내 감정에 저항하려는 두려움이었습니다. 수치스러운 감정과 답답한 마음, 억울한 입장의 불씨를 어떻게든 꺼버리고 싶었습니다.

쪽박 쓰고 벼락을 피한다는 말이 있습니다. 아무리 발버둥을 쳐도 내 감정은 피할 수 없습니다. 용기를 갖고 대면하는 게 필요하지요. 그동안 회피하고 저항하기만 했다면, 이제는 불편한 감정에도 제대로 눈을 맞춰본 것입니다.

- 타인의 작품에 냉소로 대하는 나는 내 작품의 평가에 대해 매우 상처받은 경험이 있습니다.
- 타인의 유의미한 성과에 질투하고 시샘하는 나는 나의 능력에 대해 무기력을 느낍니다.
- 쉽게 욱하는 나는 타인에게 미움받고 싶지 않아서 평소 감정을 자주 억압하고 숨겨둡니다.

엇쓰기를 통해 나와 솔직한 대화를 나누다 보면 차츰 진실이 드러납니다. 하나둘씩 풀리는 비밀은 받아들이기 불쾌한 진실이지 인정하기 어려운 슬픔입니다. 마른 눈물 자국이 다시 축축하게 젖어버릴지도 모르고, 흉터로 재생된 자리가 다시 쓰리고 아릴 수도 있습니다. 감정을 돌아본다는 것은 용기 있게 내면의 나와 대면하는 것입니다. 어렴풋이 느껴지는 감정을 글로 표현하는 과정을 통해 자신에게 먼저 솔직해져 보는 일입니다.

내 안의 작은 세계

엇쓰기 모임을 준비하며 감정에 관해 공부하고 연구하던 시기였습니다. 갖가지 책, 블로그, 기사, 논문, 글, 영상을 샅샅이 뒤져보며 감정을 배우고자 했습니다. 그런데 정보를 찾으면 찾을수록, 감정에 대해 이해하기란 점점 더 어려워졌습니다. 파고들수록 새로운 개념이 나왔고 왠지 미궁에 빠지는 느낌이 들었습니다. 저는 그 모든 활자 뒤로한 채 제가 이미 알고 있는 감정에 대해 되짚어보았습니다. 감정이 무엇인지 스스로에게 되물었던 것입니다.

'남들이 말하는 감정 말고, 내가 느끼는 감정은 무엇일까? 감정은 나에게 어떤 의미일까?'

그러자 곧 깨달았습니다. 감정은 배우거나 익히지 않아도 느낄 수 있는 '어떤 것'이었습니다.

느낄 수 있다고 해서 모두 알고 있거나 표현할 수 있다는 것은 아닙니다. 0세에서 3세 사이의 아기를 떠올려 볼까요. 아기는 배가 고플 때도 울고, 잠이 올 때도 웁니다. 잠에서 깬 직후에도 울고, 보호자의 관심이 필요할 때도 웁니다.

아기가 자신의 감정을 표현하는 방법은 울음 하나지만 그 안에는 수많은 느낌이 있습니다. 축축한 기저귀는 찝찝하고, 배가 고파지면 왠지 불쾌합니다. 보호자가 내 곁에 없을 때는 두렵거나 무섭기도 하지요. 이러한 구체적인 감각 요소를 아기는 표현하지 못하며 어떻게 대응해야 할지도 모릅니다. 그렇다고 해서 아기가 찝찝함이나 불쾌감, 두려움이나 공포를 느끼지 않는다는 것은 아닙니다. 아기는 감정을 표현하는 언어를 아직 익히지 못했을 뿐입니다.

성인이 된 후에는 어떨까요? 어른이 되어서도 우리는

어릴 적과 똑같이 다양한 감정을 느끼지만, 표현하는 방식에 있어서는 더 무력할 때가 많습니다. 사회화를 거치면서 감정을 억압하거나 회피하는 데에 통달하기도 합니다.

이를테면 직장 동료의 불성실한 태도에 화가 날 때가 있습니다. 분노는 불씨가 타오르듯이 악랄해지지요. 게으른 동료에 대해 혐오감이 느껴지고, 일을 대하는 허접한 태도에 실망스럽습니다. 분노, 혐오감, 실망감은 너무 생생하게 타오르는 나머지 다루기가 쉽지 않습니다. 감정의 불씨를 확 꺼버리거나 저 멀리 도망치고만 싶습니다. 그래서 쉽게 억압합니다. 감정이 '나'라는 사람을 대변하게 될까 봐요. 그러나 감정은 인간을 구성하는 수많은 요소 중 한 가지일 뿐입니다. 심지어 찰나적이며 나의 모든 인간성을 대변하지도 않습니다.

감정을 다루는 습관적 패턴 돌아보기

우리는 감정을 다루는 방법을 새롭게 배워야 합니다. 새로운 방법을 배우기에 앞서 그동안 일상적으로 사용해

왔던 감정 다루기 방법 세 가지를 살펴보겠습니다.

첫 번째, '단순 표출 방법'입니다. 세 살 아이와 같은 패턴이지요. 울거나 떼쓰며 자신이 원하는 바를 갈구하고 상황에 좌절하는 모습입니다. 현재 상태가 마음에 들지 않아서 속상하다는 표현도 단순한 감정 표출로는 쉽게 왜곡됩니다. 물론, 속상함도 하나의 감정이기 때문에 바라봐주고 포용해 줄 가치가 있습니다. 하지만 단순 표출 방법에만 머물게 되면 치명적인 단점이 있습니다. 자신의 상황이 생각한 만큼 해결되기 전까지는 불만스러운 상태를 끝까지 유지해야 한다는 점입니다. 불만의 상태를 유지하는 것은 힘이 듭니다. 심지어 분노와 슬픔을 넘어 우울감과 무기력감을 느끼게 될 가능성도 있습니다.

두 번째는 '함구 억압 방법'입니다. 내 감정과 느낌에 대해 절대 말하지 않는 것입니다. 내면에서 불편감이 밀려드는데도 불구하고, 상황상의 이유 혹은 타인의 기분을 보살핀다는 명목으로 자신의 감정은 뒤로합니다. 주변 사람들 사이에서 착하다는 말을 자주 듣는다면 이 방법을 주로 사용하고 있을지도 모릅니다. 함구 억압 방법을 사용하는 사람들은 타인의 필요나 요구에 말없이 따르기 때문에 착하고 좋은 사람이라는 평판을 유지합니다. 하지만 궁극적으로는 내면에 깊은 스트레스가 쌓여 있습니다. 타인의 요구를 들어주면서 자신의 욕구는 뒷전이 되기 십상이기 때문입니다. 한국에만 있다는 '화병'도 함구 억압 방법의 반작용입니다.

세 번째는 '회피 모면 방법'입니다. 이는 함구 억압 방법과 흡사하지만, 말을 하지 않고 억압하는 것을 넘어 적극적으로 나서서 행동합니다. 행동의 방식은 회피하고 모면하는 것입니다. 일례로 사회성이 굉장히 좋은 사람들이 회피 모면 방법을 자주 사용하는 경우가 있습니다. 그들은 타인에게 좋은 모습을 보이면서 자신의 내면적 문제를 회피하려 합니다. 누가 봐도 빠질 데 없이 괜찮은 사람이지만 스스로에게는 매우 박하고 엄격합니다. 이들은 종종 매우 냉소적인 시각으로 세상을 바라볼 때가 있습니다. 주로 사회적인 흐름에 걸맞은 경우가 많고요. 이들은 언제나 세상 사람들이 동의하기 쉬운 방향으로 주장합니다. 혹은 정반대의 측면도 있습니다. 사회성이 완전히 결여된 히키코모리의 경우입니다. 세상에 대한 냉소와 비관이 극에 달하여 사회활동을 완전히 등져버리는 것입니다.

일차원적 감정을 그대로 현실에 드러내는 '단순 표출 방법', 내면의 감정과 느낌을 끊임없이 억누르는 '함구 억압 방법', 자신의 내면적 문제를 적극적 회피로 치환하는 '회피 모면 방법'을 설명했습니다. 이 방법들은 감정을 다루는 습관적이고 반응적인 패턴입니다. 살다 보면 누구나 한 번은 다 사용해 봤을 만할 정도로 익숙한 방법들이지요. 다만 상황이나 인생의 시기에 따라 한 가지 유형이 우세할 수도 있고, 두 가지 혹은 세 가지 유형이 혼합되어 나타날 수도 있습니다.

감정이 선택하는 것들

매운 걸 잘 못 먹지만 매운 게 당기는 날이 있습니다. 술이라면 그다지 좋아하지 않지만 술이 당기는 날도 있고요. 가끔은 바삭바삭한 감자칩이나 달콤한 초콜릿 케이크가 떠오를 때도 있습니다.

하루는 왠지 매콤한 떡볶이가 당기는 밤이었습니다. 무엇 때문인지는 기억이 나지 않지만, 굉장히 지치고 힘들었던 날이었습니다. 저는 부엌에서 떡볶이에 들어갈 양파를 썰었습니다. 그러자 코와 눈이 찡해지면서 눈물이 흐르더

군요. 양파를 썰다 보면 원래 눈물이 날 때가 있지만 그날은 유난히 크게 해방감을 느꼈습니다. 울기 위해서 양파를 썰었던 게 아닌가 싶은 생각이 들 정도로 후련했습니다. 그리고 떡볶이를 먹으면서도 눈물과 콧물을 빼며 스트레스를 해소하는 기분이었습니다.

눈물 흘릴 힘조차 없는 힘든 날, 양파의 힘을 빌려서라도 울고 싶었던 것은 아니었을까요. 매운 음식을 먹고 싶었던 이유도 어쩌면 일상적 고통을 입안의 고통으로 상쇄하기 위함은 아니었나 싶습니다. 꽤 합리적인 가설입니다.

초콜릿 같은 단 음식이 당기는 이유는 먹고 나서 기분 좋은 감정을 원하기 때문입니다. 실제로 단 음식을 먹으면 스트레스 호르몬인 코르티솔의 분비를 낮추고 행복과 편안함의 호르몬인 세로토닌 분비를 늘립니다. [1] 우리는 떡볶이나 초콜릿 같은 특정 음식을 먹을 때마다, 혹은 양파와 같은 특정한 재료를 다룰 때마다 몸이 어떤 경험을 하는지 기억으로 저장합니다. 필요할 때 그것과 비슷한 경험을 찾기 위함입니다.

달콤한 초콜릿 케이크가 생각날 때 곧바로 베이커리로 향하는 행동은 쉽게 설명됩니다. 이전에 초콜릿을 먹으며 행복했던 경험을 기억해 내었고, 그때의 감정이 현재 나의 몸이 필요하다고 느꼈기 때문에 행동으로 옮기는 것입니다.

감정은 내가 먹는 음식이다

감정은 일상의 선택에 중요한 영향을 끼칩니다. 앞서 알아본 먹는 일은 물론이고, 자는 일도 그렇습니다. 우울감이 늘 때는 잠을 평소보다 더 많이 자게 되기도 합니다. 심지어 의생활도 감정에서 비롯할 때가 있습니다. 영국의 한 연구 결과에 따르면 검은색 옷을 입은 사람은 스트레스가 많은 상태라고 합니다. [2] 인간의 기본적인 의식주 생활을 들여다보면 모든 선택의 뿌리에 감정이 있다는 사실을 알 수 있습니다.

하지만 우리는 종종 오해합니다. 누군가가 나를 스트레스받게 했다고요. 누군가가 나를 화나게 했다고요. 겉으로 보면 그렇게 이해할 수도 있습니다. 그러나 궁극적으로 감정은 내적 요소입니다.

이를테면 길을 가다가 어떤 사람이 나의 발을 밟았다고 해볼까요. 저릿한 발의 감각과 함께 나는 순간 당황하거나 화가 나겠지요. 여기서 당황스러움과 화나는 감정은 어디서 온 걸까요? 내 안에서 비롯되었습니다. 감정은 내적 요소이기 때문입니다. 발을 밟힌 상황 그 자체에는 당황도, 분노도 없습니다.

오로지 우리 가슴에서 일어나는 것, 즉 내가 마음을 내고 반응하는 것이 바로 감정입니다. 감정은 궁극적으로 내 마음을 쓰는 것입니다. 감정을 다루는 방법을 제대로 익히기 위해서는 이 사실을 먼저 이해해야 합니다.

감정을 잘 다루기 위해서는 그 감정에 대해서 먼저 스스로 소화하는 과정이 필요합니다. 장이 음식물을 흡수하고 소화하듯이, 내 안에 감정이 이미 있다는 것을 인지하고 흡수 및 소화 단계로 향하는 것입니다.

비유하자면 감정은 음식이고, 감정을 다루는 방식은 장 운동입니다. 건강한 장은 영양분 흡수 없이 배설하지도, 꽉 막힌 변비처럼 억압하지도 않습니다. 영양분을 잘 흡수하고 소화하는 게 장이 하는 일이지요.

일어나는 감정에 대해 어찌할 수 없는 것처럼 우리가 장을 직접 움직일 수는 없지만, 의식적으로 소화하기 좋은 환경을 만들 수는 있습니다. 식이섬유가 풍부한 과일, 채소 등을 자주 먹으며 유익균이 살기 좋은 환경으로 만들 수 있습니다. 이는 감정을 잘 다루기 위한 의식적인 노력입니다.

한편 장내 유해균의 비율이 높아지면 건강이 좋지 않다는 신호입니다. 유해균은 몸의 염증을 늘리고 면역을 떨어뜨립니다. [3]

커피나 술을 자주 마시거나 과도한 육식 혹은 가공식품을 섭취한다면 장은 유해균이 늘어나기 쉬운 환경이 됩니다. 유해균은 감정으로 말하자면 스트레스와 같겠지요. 스트레스를 받으면 이전에는 쉽게 넘어갔던 상황에서도 버럭 화를 내기도 합니다. 내 마음에 유해균이 많이 침투한 상태입니다.

유해균을 유익균으로 치환하기 위해서는 내가 무슨 음식을 먹고 있는지 먼저 돌아보아야 합니다. 내가 어떤 감정을 느끼고 있는지 들여다보는 것입니다.

오묘한 감정선을 따라서

유해균과 유익균을 포함하여 장내 미생물은 약 100조에서 1,000조 개나 된다고 합니다. 그리고 감정도 마찬가지로 미묘한 갈래로 다양한 경우의 수를 이룹니다. 감정은 크게 쾌와 불쾌로 나뉘지만 긍정과 부정의 경계를 넘어 존재하는 오묘한 감정들도 있습니다.

'샤덴 프로이데Schadenfreude'라는 심리학 용어가 있습니다. 이름도 독특한 샤덴 프로이데는 독일어 단어 '손해 Schaden'와 '환희Freude' 두 가지가 합성된 단어로 '남의 불행이나 고통을 보고 느끼는 다행스러운 감정'을 뜻합니다. 이를테면 내가 평소에 미워했던 누군가가 안 좋은 일을 당했을 때 '쌤통이다'라고 느끼는 감정입니다. '너의 불행이 나의 행복이다'라는 의미이죠.

성악설에 가까운 이 감정은 듣기에 왠지 떨떠름합니다. 누군가는 그런 못된 심보가 어디 있냐고 따질 수도 있습니다. 그러나 샤덴 프로이데는 심리학의 한 부분으로 연구되고 있다는 점에서 유의미한 인간 감정의 한 종류로 인정됩니다.

샤덴 프로이데에 관한 흥미로운 연구 결과가 있습니다. 실업자가 늘어나는 사회에 대한 연구였습니다. [4]

취업을 한 사람들은 실업자가 늘어나는 사회의 행복도를 낮다고 평가했습니다. 당연히도 실업자가 늘어나면 사회 분위기는 우울하고 부정적이겠지요. 그러나 실업자들의 관점은 달랐습니다. 실업률이 상승하니 오히려 행복도가 올라간 것입니다. 내가 실업자일 때는 내 주변에 실업자가 많은 것이 안심되기 때문입니다.

이는 단순하게 취업자에 대한 질투나 열등감이라 말할 수 없습니다. 즉 샤덴 프로이데는 소속감에 대한 열망이기도 합니다. 인간으로서 느끼는 자연스러운 욕구지요.

인간은 장내 미생물만큼 많은 감정을 느낄 수 있습니다. 느낄 수 있다는 게 모두 다 안다는 건 아니지만요. 무언가가 미지의 영역일 때 우리는 쉽게 거부감을 느낍니다. 감정을 느끼고 말하는 것이 불편하기 때문에 외면하거나 묻어두기도 합니다. 그러나 이는 오로지 임의적 방편일 뿐입니다.

사람의 눈동자를 보면 감정이 얼마나 인간에게 주요한

생존 방식인지 알 수 있습니다. 동물과는 달리 사람의 눈 동자에는 흰자가 보이지요. 흰자와 검은 자의 대비를 통해 우리는 상대가 어디를 바라보고 있는지, 어떤 감정을 느끼는지 더 쉽게 알 수 있습니다.

한편 야생 동물들의 경우 대부분 눈동자로 꽉 채워져 있습니다. 그 이유는 인간의 생태와 야생 동물의 생태가 다르기 때문입니다. 야생 동물들은 자신이 어디를 보는지 들키는 순간 주위의 포식자에게 곧바로 잡아먹힐 수 있습니다. 동물들이 눈에 흰자가 없는 상태로 진화한 이유입니다.

동물에게는 약점이 되는 흰자의 존재가 인간에게는 공감을 북돋는 요소가 됩니다. 인간은 감정적 소통과 공감 능력으로 서로를 돌볼 수도 있습니다. 언제나 미지의 영역인 감정은 알고 보면 생존에 매우 큰 도움이 되는 요소였습니다.

감정과 친해지기 위해서는 어떻게 해야 할까요? 감정을 본능적으로 느끼는 것을 넘어서, 그것에 대해 잘 알기 위해서는 어떻게 해야 할까요? 그 실마리는 '호기심'에 있습니다. 즉, 관심을 두고 들여다보는 습관입니다. 내 안의 감정에 대해 호기심을 갖는 순간부터 우리는 그것을 잘 알 수 있게 됩니다.

좋아하는 사람이 생겼을 때를 한 번 떠올려볼까요. 우리의 눈은 어딜 가든 그 사람을 먼저 찾습니다. 굳이 의도한 것도 아닌데 말입니다. 그에 대한 갖가지 정보를 자연스럽게 기억해 내기도 하지요. 좋아하는 마음은 숨기려야 숨길 수가 없습니다.

엇쓰기는 좋아하는 사람의 모든 정보를 궁금해하는 마음으로 나의 내면과 감정에 호기심을 갖는 일입니다. 바깥으로 쏠린 시선을 안으로 돌리는 것이 처음에는 쉽지는 않을 것입니다. 그래도 매일매일 부지런히 내면에 눈을 맞추다 보면 머지않아 나만의 앎이 구축될 것입니다. 나는 내 평생의 동반자이기에, 나를 아는 것은 인생의 모든 것이라 말해도 과언이 아닙니다.

엇쓰기를 통해서 우리는 호기심을 기르고, 오래 묵은 억압적·회피적 감정 패턴에서도 벗어날 것입니다. 호기심의 세계에서는 어떠한 저항도 없으니까요. 오로지 열린 마음, 그것이면 됩니다.

내 몸의 질서, 삶의 질서

감정은 신호라고 했습니다. 그리고 신호는 저마다의 메시지를 갖고 있습니다. 이를테면 횡단보도에서 파란불이 켜지면 길을 건너고, 빨간불이 켜지면 멈춥니다. 교통신호는 공공질서를 위해 만들어진 사회적 규칙입니다.

우리 몸을 하나의 작은 사회라고 비유해 볼까요. 감정이 빨간불을 켠다면 그대로 멈춰야 합니다. 화가 나거나, 불안하거나, 예민한 상황에서는 멈춰 서서 파란불이 켜질 때까지 기다려야 합니다. 마음이 안정되고 차분함을 되찾을 때까지요. 이 규칙에는 어떤 예외도 없습니다. 기다리는 것이 전부입니다.

감정의 신호등은 나의 몸이라는 사회 질서를 건강하게 잘 유지하기 위해 움직입니다. '지금은 행동을 멈춰', 혹은 '이제는 말하거나 움직여도 돼.' 두 가지 신호는 각자 저마다의 시간을 갖습니다. 때때로 인내를 필요로 하기도 합니다.

감정은 항상 파란불일 수 없고, 내내 빨간불일 수도 없습니다. 감정은 자리를 꿰차다가도 다시 정반대의 측면에 자리를 내어주는 일을 반복합니다. 거기에는 단 하나의 목적이 있습니다. 나라는 공공질서, 즉, 내 몸의 질서입니다.

감정 신호를 알아차리는 방법의 하나가 바로 엇쓰기입니다. 매일매일 떠오르는 생각들과 감정들을 부지런히 쓰다 보면 그때그때 메시지를 보내는 내 몸의 신호를 자연스럽게 인식할 수 있습니다. 글자로 표현되기 위해서는 인식하는 과정이 필요하기 때문입니다.

엇쓰기 모임

이원성의 법칙

아침에는 왠지 몸이 뻐근하고 피곤했다가, 점심에는 라테 한 잔에 기분이 좋아졌다가, 퇴근 후 지하철에서는 사람이 너무 많아서 스트레스를 받다가, 집에 돌아와 침대에 누우니 편하고 만족스러운 기분이 듭니다. 이처럼 하루 종일 수많은 느낌과 감정들이 우리의 몸을 스쳐 지나갑니다.

가끔은 불쾌한 감정이 극에 달하는 날이 있습니다. 화나고, 불안하고, 질투하고, 버림받은 느낌에 휩싸이고, 결핍감을 느끼고, 자책하고……. 듣기만 해도 목이 메고 속이 답답하게 쓰려오는 감정들입니다. 감정은 우리 삶에 불쑥 들어와서 마음의 멱살을 잡고 평이한 일상을 뒤흔듭니다. 초대한 적도 없는데 어떻게 감정은 그렇게 제집 드나들듯이 이리저리 자리를 깔고 눕는지, 황당할 노릇입니다.

행복하고, 즐겁고, 기쁘고, 편안한 기분을 느끼는 건 정말 달콤합니다. 그래서 우리는 항상 쾌의 감정만 느끼며 살고 싶어하지요. 하지만 인생은 매순간 그렇게 달콤하지만은 않습니다. 필연적으로 애석하고 미울 때도 있지요.

그리고 이 양극단에는 큰 뜻이 존재합니다. 바로 '이원성의 법칙'입니다.

이원성이란 서로 다른 두 가지 요소를 가진 성질을 말합니다. 이를테면 동전의 양면, 선과 악, 빛과 어둠 등이 있습니다.

만일 이 세상의 모든 것이 빛이었다면 우리는 빛이 무엇인지 알 수 없었을 것입니다. 우리는 평소 숨을 쉬고 있어도 그 사실을 까맣게 잊어버리곤 하지요. 어떤 것이 내게 너무 자연스러울 때, 존재감은 퇴색합니다. 그러다가 물속에 들어가는 순간, 그동안 내가 공기를 들이마시고 있었다는 걸 알게 됩니다. 물 속이라는, 숨을 쉴 수 없는 공간을 통해서 그동안 숨을 쉬고 있었다는 사실을 배웁니다.

감정도 이와 똑같은 이원성을 갖습니다. 만일 삶이 언제나 행복과 풍요로 넘쳐났다면, 우리는 결코 그것의 존재에 대해 인식하지 못했을 것입니다. 때때로 분노하고, 불안하고, 미워하고, 질투하는 등 불쾌 감정을 느끼면서 결국 우리는 배려하고, 행복하고, 편안하고, 다정해지는 게 무엇인지 알게 됩니다.

엿쓰기 모임

감정의 양극단은 서로를 지지하고 보완합니다. 빛은 어둠 옆에서 더욱 빛나고, 어둠은 빛 옆에서 더욱 어두워집니다. 이 양극단은 이원성의 법칙 아래서 자기의 정체성을 쉽게 드러냅니다. 그렇게 본다면 감정에는 부정과 긍정의 경계가 없습니다. 모든 감정 하나하나가 모두 가치가 있습니다.

감정의 진정한 가치를 깨닫기 위해서는 그것이 내게 어떤 신호를 보내고 있는지 이해하는 과정이 필요합니다. 감정의 신호는 대체로 정반대의 측면을 끌어들이기 위해 드러날 때가 있습니다. 지금 내가 힘들다는 것은 앞으로 좋아질 날만 남았다는 뜻이고, 행복하고 즐겁다는 것은 모든 것이 사라져 없어질 상황에 대한 가능성을 품고 있습니다.

때때로 삶이 여러분을 힘겹게 하더라도 너무 슬퍼하지 마세요. 그것은 앞으로 행복해질 거라는 신호니까요. 한편 좋은 일이 있다고 해서 너무 자만하지도 마세요. 그것이 좋든 나쁘든 감정은 언젠가는 사라져 버릴 것입니다.

허무주의에 빠지는 대신, 우리는 다른 선택을 할 수 있습니다. 순간을 직면하고, 내면을 알아차리고, 나를 둘러

싼 모든 것들 하나하나에 감사하면서요. 충분히 만족스러울 때는 지금 누리는 행복에 감사하고, 힘든 상황에선 앞으로 더 잘될 수 있는 가능성에 감사할 수 있습니다. 감사에 대해서는 4주 차에서 조금 더 깊게 이야기 나눠보겠습니다.

슬픔을 기쁨으로

'미운 오리 새끼', '성냥팔이 소녀', '나이팅게일', '벌거 벗은 임금님', '인어공주' …… 이 유명 동화들의 공통점이 무엇인지 아시나요? 모두 동화 작가 한스 크리스티안 안 데르센Hans Christian Andersen이 쓴 작품이라는 점입니다.

동화 작가로 유명한 지금과는 달리, 그는 유년 시절에 는 못생긴 외모로 더 유명했습니다. 너무 못생겨서 친구들 에게 놀림감이 될 정도였지요. 집도 가난했습니다. 안데르 센이 11살이 되던 해에는 아버지가 돌아가시면서 온 가족이 일터로 향해야 했습니다. 정규 교육을 제대로 받지도 못했습니다. 청년기에 접어들어서는 연극배우가 되려고 하다 좌절을 겪기도 합니다. 하지만 이후 그는 동화 작가로서 생애 200편이 넘는 작품을 내면서 현재까지도 그의 작품은 큰 사랑을 받고 있습니다. 안데르센은 자신의 회고록에서 이렇게 말했습니다.

> "나의 역경은 정말 축복이었다. 가난했기에 '성냥팔이 소녀'를 쓸 수 있었고, 못생겼다고 놀림을 받았기에 '미운 오리 새끼'를 쓸 수 있었다."

고작 열한 살에 스스로 생계를 책임지기 위해 일터로 향하는 아이의 마음은 어떨까요. 하물며 친구들에게 못생겼다는 놀림을 받는 기분은 또 어떻고요. 분명히 그것은 괴롭고, 슬프고, 아픈 경험입니다. 하지만 시간이 지나 돌이켜보니 그 모든 역경이 안데르센만의 특별함이 되었습니다.

새로운 이야기의 시작

엇쓰기 하는 과정을 통해 새로운 이야기는 시작됩니다. 그것은 남이 써주는 이야기가 아니라, 내가 쓰는 이야기입니다. 즉 새로운 삶으로 향하는 여정입니다.

저는 어릴 적부터 인간관계에 큰 어려움을 겪었습니다. 반 친구들과 잘 어울리지 못했고 쉽게 외톨이가 되었습니다. 그런 제 모습이 미워서 친구들이 좋아할 만한 모습이 되고자 노력한 적도 있습니다. 내가 아닌 다른 모습이 되려고 처절하게 애쓴 것입니다. 하지만 그 모든 노력은 수포가 되기 마련이었습니다.

일례로 고등학생 때는 급식실에서 친구 하나 없이 혼자 먹는 것이 부끄러워서, 다이어트를 한다는 핑계로 단호박 도시락을 싸다녔습니다. 엄마를 속일 수는 있어도 나를 속일 수는 없었습니다. 몸무게보다는 마음이 더 쪼그라들었던 시기입니다.

학창 시절 저는 어쩔 수 없이 홀로 있음의 날들을 견뎌야 했습니다. 벼랑 끝의 시간이지만, 지금 돌이켜보면 그 경험들로 단련된 내면의 힘이 분명히 있습니다. 내 마음의 소리에 귀를 기울이는 방법을 깨친 것도 이때부터였다고 생각합니다. 주체적이고 독립적으로 사고하는 용기의 출처는 바로 어린 시절 홀로 있음의 아픔으로부터 자라났습니다. 아픔과 슬픔을 씹어 삼키니 그것은 곧 기쁨이 되었습니다.

성인이 되고 나서야 저는 깨달았습니다. 홀로 있음이 얼마나 큰 즐거움인지요. 혼자 있는 시간을 통해 저는 내면에 귀를 기울이고, 원하는 정확한 방향을 설정하고, 조용히 배우고 성장하는 방법을 배울 수 있었습니다.

친구가 전부인 유년기, 청소년기에 홀로 내맡겨진다는 것은 아주 괴로운 일이었습니다. 그러나 그때부터 차곡차곡 쌓아온 홀로 있음의 내성은 곧 저만의 보물이 되었습니다. 처절한 외로움을 값진 고독으로 치환할 수 있는 능력을 기른 계기였습니다.

역경 때문이 아니라, 역경 덕분에

책 『내면 소통』의 저자 김주환 교수는 말합니다.

엇쓰기 모임

"역경이 있기 때문에 사람은 더 강해진다." [5]

　김주환 교수는 위대한 리더들의 공통점이 바로 역경과 고난이었다는 점을 짚습니다. 노예제를 폐지한 에이브러햄 링컨, 명량해전을 성공적으로 이끌었던 이순신 장군, 그리고 동화 작가 한스 크리스티안 안데르센 모두 그들이 겪은 어려움 덕에 지금까지도 영감을 주는 인물로 남겨졌습니다.

　역경을 겪으면서 사람은 성장할 가능성을 쥐게 됩니다. 인간뿐만 아니라 자연 전체가 그렇습니다. 이를테면 온실에서 자란 식물보다 눈과 비를 맞으며 야생에서 나고 자란 식물이 훨씬 더 생존력이 강합니다. 마찬가지로 토양이 기름진 곳에 사는 나무보다 척박한 땅에서 살았던 나무의 뿌리가 더 깊습니다. 이미 비옥한 땅이라면 나무는 얕은 곳에 뿌리를 내려도 필요한 영양분을 충분히 섭취할 수 있습니다. 그러나 척박한 땅에 자리 잡은 나무들은 부족한 영양분을 얻기 위해 땅속 깊이 뿌리를 내립니다. 훨씬 더 튼튼하게 줄기를 받들고 있을 수 있으니 태풍 등의 자연재해가 닥쳤을 때도 잘 버텨낼 수 있겠지요.

우리는 아무도 역경을 가진 사람을 부러워하지 않습니다. 당연한 일이지요. 괴롭고, 아프고, 슬프니까요. 오히려 비옥한 땅 같은 좋은 환경 아래에 태어나 잘 사는 것 같은 사람에게 부러움의 눈길이 향합니다.

그러나 어려움과 역경 속에는 이루 말할 수 없이 거대한 삶의 가능성이 존재합니다. 어려움은 삶의 구름판이 되기 때문입니다. 그것은 몇 푼 돈으로도 셀 수 없는 큰 가치입니다. '나를 죽이지 못하는 고통은 나를 더 강하게 만든다'는 니체의 말도 있듯이, 우리는 삶 속에서 마주하는 고난과 역경의 경험을 통해 더욱더 크게 성장할 수 있습니다.

살아가면서 내가 겪었던 어려움은 무엇이었는지 한 번 떠올려봅시다. 그리고 그 역경의 경험이 지금의 나에게 어떤 보물이 되었는지도요. 어머니 아버지의 부재를 통해 내 삶에 대한 책임감이 일찍이 단련되었을 수도 있고, 어릴 적 따돌림의 경험을 통해 주체적이고 독립적으로 사고하는 힘을 길렀을 수도 있습니다. 혹은 가난을 통해 돈의 소중함을 깨닫고 일찍부터 재정 관리에 대해 배우고 익혔을 수도 있고요.

　이 과정을 통해 우리는 새로운 이야기를 쓸 수 있습니다. 과거에 대한 재정의는 나의 현재와 미래까지도 바꿉니다. 그것은 분노와 불만으로 끝나는 이야기가 아닙니다. 자기 삶에 대한 다정한 위로, 그리고 더 나아질 가능성에 대한 감사로 시작되는 이야기입니다.

Q. 내가 살면서 겪은 가장 큰 역경과 고난은 무엇이었나요?
그리고 그것은 현재 나에게 어떤 보물이 되었나요?

A.

3주 차

몰입

청소하는 마음

저에게는 은밀한 행복 버튼이 있습니다. 바로 청소와 빨래입니다. 저는 방바닥을 닦거나 손빨래를 하면 마음의 때도 함께 벗기는 느낌이 듭니다. 밀린 옷가지들을 두 손 아름 들고서 빨래방에 가는 날에는 설레기도 합니다. 아주 피곤한 날에도 꼬질꼬질한 양말에 비누를 묻히다 보면 어느새 입가에 미소를 띠고 있는 저를 발견합니다. 그것은 아주 놀라운 알아차림의 순간이었습니다.

사실 집안일은 정말 귀찮은 일입니다. 해도 해도 끊임

이 없습니다. 닦은 먼지는 그 위에 또 쌓이고, 텅 비어있던 싱크대에도 수북한 설거지 산이 생겨납니다. 청소하는 기쁨을 처음으로 알아차렸을 때는 당황스럽기까지 했습니다. 부엌에 물건이 쌓이거나 바닥에 머리카락들이 하나둘 눈에 보일 때 한숨부터 푹 쉬게 되는 건 언제나 똑같으니까요. 꽉 찬 쓰레기통이나, 물때 낀 세면대 수전, 기름 자국으로 가득한 가스레인지를 보아도 그렇습니다. 집 안 구석구석 낀 때들은 생활공간에 매 순간 빚지며 살고 있음을 깨닫게 합니다.

일상의 배설물을 마주하며 느끼는 막막함과 동시에, 한편으로는 청소할 거리가 생기는 걸 즐기는 것 같기도 했습니다. 변태도 아니고 왜 그런 걸까, 곰곰이 생각해 보니 저는 쓸고 닦는 일을 좋아한다기보다는 몰입하는 감각을 좋아하고 있었습니다. 청소에 완전히 집중할 때 느껴지는 고요함. 그것이 바로 제가 청소라는 활동에 매료된 이유였습니다. 몰입의 관점에서 청소는 또한 운동이 될 수도, 독서가 될 수도, 혹은 일이 될 수도 있습니다.

엇쓰기를 할 때도 저는 청소할 때와 비슷한 기쁨을 느낍니다. 먼지를 닦기 위해서는 먼지를 직면하는 게 먼저입니다. 살다 보면 마음에 먼지가 쌓이게 되는데 그 아래 흩어진 마음을 엿쓰기가 직면하게 해 줍니다. 노트를 회색빛 마음으로 수북이 채우다가도, 한 장만 넘기면 말끔한 공백이 나를 기다리고 있습니다. 천진하게 비어있는 공간을 마주하는 마음은 얼마나 다행스러운가요.

세 페이지 글쓰기는 마음을 새롭게 청소한다는 데에 의미가 있습니다. 노트를 넘기며 마주하는 공간은 완전히 마음을 열고 나의 이야기에 귀를 기울입니다. 다 말해도 괜찮다고, 그깟 먼지 정도는 쌓여도 괜찮다고 토닥입니다. 다음 장으로 깨끗이 닦아버리면 되니까요. 빈 노트의 다정한 위로와 응원에 귀를 기울이다 보면 우리는 몰입하는 습관을 자연스럽게 기르게 됩니다.

몰입의 의미

현대 긍정 심리학의 연구자 미하이 칙센트미하이는 몰입에 대해 이렇게 정의합니다. [6]

"자신에게 놓인 상황, 경험, 일 등에 완전히 빠져들어 내가 가진 잠재력을 최대로 활용하는 상태."

이는 물아일체物我一體라는 사자성어로도 해석됩니다. 동양 철학에서 유의미한 이 단어를 직역으로 풀이하자면 '만물이(物) 나라는(我) 하나의(一) 몸이다(體)'라고 해석할 수 있습니다. 모든 것이 나라는 존재 안에서 하나 되는 일, 즉 몰입의 순간입니다.

몰입은 또한 무아지경無我之境과도 연결됩니다. 무아지경이란 '나라는 존재를 잊어버릴 정도의 순간에 도달했음'을 뜻합니다. 몰입의 의미를 아주 잘 설명하는 단어라 말할 수 있습니다.

물아일체나 무아지경과 같은 어려운 단어를 마주하니 몰입이란 것이 왠지 대단한 일이 아닌가 싶습니다만, 꼭 그렇지는 않습니다. 쉽게 말해 몰입이란 완전히 빠져들고, 나를 잊어버리고, 내 안의 잠재력을 발휘한다는 뜻입니다.

몰입은 남녀노소 관계없이 우리의 일상에서도 자주 일어납니다. 이를테면 쇼핑할 때를 떠올려볼까요. 저는 20

대 초반까지는 쇼핑을 너무 좋아해서 한 번에 서 너 시간씩 지하상가를 돌며 옷을 구경하기도 했습니다. 어떤 게 어울릴지, 또 어떤 게 가성비 대비 훌륭한 품질인지 꼼꼼히 따져보며 상점가 복도를 걷고 또 걸었습니다. 그렇게 약 세 시간을 돌고 돌아 옷가지를 하나 손에 들고나서야 저는 깨닫습니다. 배에서는 꼬르륵하고 천둥이 치고, 다리와 발은 퉁퉁 부어서 저려온다는 걸요. 원하는 옷을 사겠다며 눈에 불을 켜고 상점가를 걷는 동안 저는 배가 고픈지도 다리가 아픈지도 모른 채 몰입했습니다. 그리고 몰입의 목적이 달성되고서야 몸의 신호를 알아차릴 수 있었지요. 쇼핑에 몰입할 때까지는 나라는 존재가 사라진 듯했습니다.

다른 예시로 게임을 할 때가 있습니다. 게임을 하다 보면 우리는 게임 속의 세계에 완전히 몰입하느라 주변에 어떤 일이 벌어지는지 전혀 알지 못합니다. 친구나 가족이 바로 옆에서 불러도, 게임에 빠져버린 나는 듣지 못합니다. 게임 캐릭터와 물아일체가 되기도 하지요. 게임 속 캐릭터가 이기면 기뻐하고, 반대로 지게 되면 아쉬움을 토로하고 화를 내기도 합니다. 뿐만 아니라 영화를 볼 때나 책을 읽을 때, 그리고 급하게 해야 할 일이 있을 때도 우리는 완전히 몰입합니다. 몰입하지 않으면 퇴근이 미뤄진다는 끔찍한 시나리오 속에서 나의 모든 잠재력은 발휘됩니다.

전지은 작가는 책 『어린이를 위한 몰입의 힘』에서 이렇게 말했습니다.

> "우리는 몰입을 경험하며 시간의 흐름을 잊고, 장소의 제약도 잊고, 심지어 육체적 고통도 잊은 채로 어떤 일에 깊이 빠져들어 열중할 수 있다."

몰입은 남녀노소 누구나 경험할 수 있는 감각입니다. 최근 어린이 교육에서도 몰입이라는 주제는 큰 화두입니다. 십여 년 전부터는 '집중력'이 주요 교육 트렌드 단어였으나 최근에는 '몰입'이 새롭게 떠오르고 있습니다. 집중력은 의식적으로 한 가지 일에 노력을 쏟는 것을 말합니다. 그리고 집중력이 필요한 의지는 시간이 흐르면 고갈된다는 단점이 있습니다. 반면 몰입은 자연스럽게 한 가지 일에 스며드는 상태로 조금 더 무의식적인 집중 상태를 말

합니다. 큰 의지력이 필요한 집중력의 맹점을 잘 메워줄
수 있는 상태가 바로 몰입입니다.

엇쓰기 모임

몰입의 방해 요소 세 가지

몰입은 영어로는 'Flow', 즉 흐름이라고 합니다. 흐름을 타는 것처럼 완전히 한 가지에 몰입한다는 의미입니다. 'Flow'의 개념은 긍정 심리학의 대표적인 연구자 미하이 칙센트미하이로부터 크게 발전되었습니다. 그는 10대 교육에서부터 경영, 운동 주제에 이르는 연구를 통해 몰입이 인간의 잠재력 발현에 매우 큰 도움을 준다는 것을 밝혀냈습니다.

저는 궁금해졌습니다. 그렇다면 몰입이 아닌 것은 무엇일까요? 우리 안에 내재한 잠재력 발현에 큰 도움을 주는 몰입을 이해하기 위해서는 몰입의 반대편에 있는 것이 무엇인지 파헤쳐야 합니다. 마치 살을 빼기 위해서는 먼저 살이 찌는 습관이 무엇인지 알아보는 게 중요한 것처럼요.

저는 미하이 칙센트미하이의 저서 『몰입의 경영』의 내용을 바탕으로, 몰입에 방해되는 요소를 크게 세 가지로 나누어 보았습니다.

몰입의 방해 요소 세 가지

몰입을 방해하는 요소 첫 번째는 '외적 자극'입니다. 언제 어디서나 우리를 따라다니는 자극들을 말합니다. 티브이에서 흘러나오는 흥미로운 이야깃거리나, 시도 때도 없이 울리는 스마트폰 알람, 전화벨 소리나 광고 등이 있습니다.

요즘에는 눈길을 끄는 광고의 규모와 개수도 늘어나는 추세입니다. 코로나 시대를 거쳐오면서 소셜 미디어와 포털 사이트를 통한 광고비는 압도적으로 성장하고 있습니다. 2020년을 기준 글로벌 총생산율GDP의 예상 수치는 약 7%가량 줄어든 데에 반해 온라인 비즈니스는 약 18%가량 성장하고 있습니다. [7]

온라인 및 모바일을 기반으로 소통하는 현대 사회에서 소셜 미디어는 완전히 일상화되었습니다. 대표적으로 인스타그램, 카카오톡 등의 소셜 미디어는 우리 삶에 도움을 주기도 하지만 몰입을 방해하는 주범이기도 합니다. 특히 저는 인스타그램을 통해 필요한 정보를 찾아보려 하다가도, 속속들이 채워진 재미난 피드에 시선이 이끌려 어느새 강아지 영상만 한 시간째 보고 있을 때가 있습니다. 멋진 이미지에 이끌려 필요하지 않은 물건을 사게 되기도 합니다. 이처럼 소셜 미디어가 보내는 외적 자극에는 거부할 수 없는 힘이 존재합니다.

두 번째 방해 요소는 '내적 어려움'입니다. 내면에 풀리지 않은 감정들이 있을 때 우리는 스스로 몰입을 방해합니다. 대표적으로는 자기 의심을 하는 습관이나 완벽을 좇는 욕구 등이 있습니다. 또한 행동의 목적이나 의미감이 모호하거나, 과정에서 아무런 즐거움을 찾을 수 없을 때 몰입하기는 더욱 어려워집니다.

내적 어려움을 돌파하기 위해서는 긍정적인 감각을 차곡차곡 쌓아나가는 것이 필요합니다. 이를테면 매일 운동을 하는 것은 매우 어려운 일입니다. 오직 편안해지고자 하는 뇌의 자연스러운 흐름에 계속해서 저항하고 부딪히니까요. 그런데 그 저항도 매일 반복되다 보면 스르르 풀려납니다. 심지어 나중에는 운동을 하지 않고서는 안 되겠다고 느끼며 자연스럽게 몸이 움직입니다.

이것을 하지 않고서는 안 되겠다는 감각, 내적 어려움을 돌파하는 한 가지 방법입니다. 그리고 그 느낌까지 도달하기 위해서는 아주 작은 한 걸음 한 걸음이 필요합니다. 매일 엇쓰기 하며 한 장씩 노트를 넘기는 과정처럼 말입니다.

몰입의 방해 요소 세 번째는 '사회적 평가'입니다. 학창 시절 점수로 줄 세우는 식의 경쟁 문화나, 남들과 비교하는 사회적 분위기를 포함합니다.

남의 시선에서 자신을 바라보는 자기 인식은 사회적 동

물인 인간으로서 생존에 매우 중요한 요소입니다. 평판 혹은 명예를 욕망하는 이유도 사회적으로 긍정적인 평가를 받는 것이 중요시되기 때문입니다. 돈에 대한 욕망도 그 뿌리를 되짚어가다 보면 좋은 사회적 평가를 받기 위함입니다.

사회적 평가는 인정 욕구에 기반합니다. 인간이라면 누구나 인정 욕구를 느낍니다. 누군가가 나를 인정해 주면 기뻐하고, 어떨 때는 내심 인정을 바라게 되기도 합니다. 그러나 이것이 집착적으로 변질되면 몰입 과정에 치명적인 방해가 됩니다. 몰입은 누군가로부터 인정이나 칭찬을 받기 위해서 행하는 것이 아니기 때문입니다. 몰입은 오로지 내적 동기에 의한 움직임입니다.

외적 자극, 내적 어려움, 사회적 평가. 내 삶의 잠재력 발현을 막는 세 가지 방해 요소들을 곰곰이 마음에 그려봅시다. 그동안 삶에서 나를 가장 방해한 것은 무엇인가요? 나는 과거에 어떤 식으로 스스로를 방해하고 있었나요?

Q. 외적 자극, 내적 어려움, 사회적 평가 중
나는 어떤 자극에 가장 크게 영향을 받나요?

A.

몰입의 필요 요소 세 가지

마이너스 축에서 영점으로 옮겨가는 에너지와, 영점에서 플러스 축으로 옮겨가는 에너지는 또 다릅니다. 우리는 앞서 몰입에 방해가 되는 요소를 인식해 보면서 영점으로 돌아왔습니다. 이제 플러스 축으로 향하기 위해서는 어떤 조건이 필요한지 한 번 알아보고자 합니다. 내 안의 잠재력 발현에 필요한 몰입의 필요 요소도 방해 요소와 같이 크게 세 가지로 분류해 보았습니다.

몰입의 필요 요소 첫 번째: 목표

첫 번째 필요조건은 '목표'입니다. 여기서 목표는 거창한 것이 아닙니다. 듣자마자 곧바로 콧방귀라도 뀔 정도의 작은 단위의 목표를 말합니다.

저는 최근 예술 전시를 구경하다가 연말 맞이 팝업 이벤트를 마주쳤습니다. 부메랑 모양의 스티커에 자신의 새해 목표를 적어 벽에 있는 트리 그림에 붙여보는 이벤트였습니다. 지친 다리도 잠깐 쉬어볼 겸 앉아서 한 가지 적어보려던 차에, 저는 먼저 다른 사람들이 적어둔 목표들을 주욱 읽어보았습니다. 그리고 소원을 적어 붙인 수십 명의 사람들이 오직 건강과 행복을 바란다는 점에 놀랐습니다. 한두 명을 빼고선 어떤 사람들도 구체적인 목표를 적어두지 않았습니다.

물론 건강과 행복은 우리 삶에 매우 가치 있는 요소입니다. 하지만 그것은 너무나도 추상적이고 막연합니다. 우선 내가 정의하는 '건강'은 무엇인가요? '행복'은 내게 어떤 의미인가요? 이렇게 구체적으로 하나씩 질문하고 답해볼수록 우리는 원하는 바에 더욱 뾰족하게 가닿습니다.

목표는 아주 잘게 쪼개보는 과정이 필요합니다. 이를테면 글쓰는 습관을 기르기 위해 엇쓰기에 도전해 볼 수 있습니다. 엇쓰기를 시작할 때 최소 단위는 무엇일까요? 먼저 글 쓸 노트를 준비하는 것입니다. 쓸만한 펜을 준비하는 것도 하나의 실행 목표가 됩니다. 그 다음, 시간을 내어 책상에 앉는 것이나 한 페이지를 마구잡이로 써보는 것도 하나의 단계가 될 수 있습니다.

우리가 살면서 원한다고 여기는 것들은 파고들어보면 너무나도 광범위한 경우가 많습니다. 건강하기, 행복하기, 운동하기, 글쓰기, 창작하기……. 이 모든 추상 단어를 최소한의 행동으로 잘게 쪼개어보는 것이 바로 몰입의 첫 번째 필요 요소입니다.

〈예시 1〉

• 목표: 글쓰기

• 최소 단위: 1. 글 쓸 노트 준비하기

      2. 펜 준비하기

      3. 글 쓸 시간 빼두기

      4. 빼둔 시간에 책상에 앉기

      5. 한 페이지 쓰기

      6. 두 페이지 쓰기

      7. 세 페이지 쓰기

      …

〈예시 2〉

• 목표: 운동하기

• 최소 단위: 1. 해보고 싶은 운동 찾아보기

      2. 등록하기

      3. 운동복 혹은 운동화 준비하기

      4. 운동할 시간 내기

      5. 운동하기

      …

몰입의 필요 요소 두 번째: 피드백

몰입에 필요한 두 번째 요소는 '피드백'입니다. 피드백이란 나의 행동에 대한 반응을 얻는 일을 뜻합니다. 내가 잘하고 있는지 아닌지 돌아보는 과정이지요. 그것이 꼭 타인의 의견일 필요는 없습니다. 우리는 직감 혹은 양심이라는 내면의 동반자를 통해 혼자서도 충분히 피드백을 주고받을 수 있습니다.

이를테면 수영 선수에게 객관적인 피드백은 초 단위 기록이나 코치의 조언 한마디가 될 수 있습니다. 한편 선수는 오늘 몸 상태가 좋은지 좋지 않은지 스스로 직감적으로 알 수도 있습니다. 직감과 알아차림에 기반한 내적인 피드백입니다. 왠지 점점 늘고 있다는 느낌이나 성취감도 하나의 피드백이 됩니다.

엇쓰기 모임 당시 저와 여섯 명의 엇쓰기 파트너들은 함께 매일 세 페이지씩 글을 쓰는 챌린지를 진행했습니다. 3주간의 챌린지 기간 우리는 모임 전용 소셜 미디어에 매일 인증했습니다. 물론 노트에 쓴 내용은 절대 공유하지 않는다는 조건이었습니다.

어느 날 한 파트너는 19일 차 챌린지를 인증하며 소감을 덧붙였습니다. "글 쓰는 속도가 조금씩 빨라지고 있어요!" 이것은 내적 피드백이었습니다. 피드백이 적절할 때 우리는 한 걸음 더 나아갈 용기를 얻습니다.

모임 1주 차에서 처음으로 엇쓰기에 대해 배우고 글을 썼던 날, 엇쓰기 파트너들은 적게는 30분부터 많으면 1시간까지 소요하여 세 페이지를 채웠습니다. 속마음을 털어놓는 과정이 어색했기 때문입니다. 그러다 3주 차가 되는 날, 파트너들은 훨씬 더 자신 있는 모습으로 노트를 마주했습니다. 펜을 꼭 쥔 손과 노트를 바라보는 진지한 눈동자에서는 확신이 배어났습니다. 첫날 글을 쓸 때보다 단연 글을 쓰는 속도도 빨라졌지요. 확신하는 이에게는 어떤 주저함도 없으니까요.

함께 나아가면서 우리는 3주간 글을 매일 쓰겠다는 약속을 지켜냈습니다. 자연스레 자신감과 자기 신뢰감이 따랐습니다. 노트를 바라보는 내면의 감정도 달라졌습니다. 텅 빈 백지는 더 이상 막막하거나 두렵지 않았습니다. 나와의 다정한 대화 시간을 기대하고, 호기심 어린 마음으로 글을 썼습니다. 엇쓰기 노트는 파트너들에게 곧 용기 있게 나를 직면하고 돌보는 공간이 되었습니다.

피드백은 행동에 따르는 요소입니다. 행동에 따른다는 말은, 우당탕 나아가더라도 시도해 보는 것이 우선이라는 뜻입니다. 그래야 몰입의 기회도 주어집니다. 머릿속 생각으로 가득 찰 때 우리 내면의 잠재력은 파괴적으로 변질됩니다. 완벽주의나 자기 의심이나 무기력증과 같은 파괴적 습관으로요. 영화 〈먹고 사랑하고 기도하라〉의 원작 소설가 엘리자베스 길버트는 말했습니다.

> "만일 내가 활발하게 창작에 전념하고 있지 않다면 나는 아마도 활발히 뭔가를 파괴하고 있을 것이다. 나 자신이나, 인간관계나, 내적인 평화 같은 것들을." [8]

우리는 엇쓰기를 통해 완벽주의보다는 연습주의, 자기 의심보다는 자기 확신을 택하는 용기를 배워볼 것입니다. 그러면 나 자신도, 인간관계도, 내적인 힘도 점점 단련되어 더욱 평화롭고 건강해질 것입니다.

몰입의 필요 요소 세 번째: 목표와 능력의 균형

내 안의 잠재력을 발휘하기 위한 세 번째 필요 요소는 '목표와 능력의 균형'입니다. 양질의 몰입을 하려면 자기 수준과 비슷하거나 아주 조금 도전적인 목표를 설정하는 게 좋습니다. 목표가 지금 나의 상태보다 너무 높으면 막막하게 느껴져 지레 포기하게 될 것이고 너무 낮으면 시시하게 느껴져 아무런 재미를 찾지 못할 것입니다.

저는 요리를 좋아합니다. 요리는 음식을 만드는 것을 뜻하지만 사실 요리에는 앞뒤에 수반되는 수많은 절차가 있지요. 장 보기부터, 재료 손질하기, 설거지, 이후 음식물 쓰레기 처리까지도 요리의 일부라고 말할 수 있습니다. 평소 음식을 만들어 먹는 걸 좋아하지만, 가끔은 그 모든 과정을 거칠 생각을 하면 아득해질 때가 있습니다. 저는 그래서 가장 간단한 재료들로 쉽게 조리할 수 있으면서 먹고 나서도 설거지가 적은 음식을 즐겨 해 먹는 편입니다.

한 때 푹 빠져서 자주 해 먹은 토르티야 피자가 좋은 예시입니다. 재료는 토르티야, 다진 양파, 양송이버섯, 비건 치즈와 갖가지 소스만 있으면 10분 만에도 뚝딱 만들 수 있는 음식입니다. 이름하여 '이진존스 피자'. 그릇과 가위 빼고는 이렇다 할 설거짓거리도 없습니다. 조리 과정이 간편하니 음식을 만들어 먹는 게 더욱 즐거워졌습니다.

만일 제가 피자도우를 직접 만들었다면 어땠을까요? 피자가 모두 구워질 때 즈음엔 완전히 지쳐서 음식을 먹을 힘도 나지 않았을 것입니다. 저는 스스로 요리 과정을 감당할 능력이 어느 정도인지 잘 알고 있었고, 그에 맞는 요리를 택하였습니다. 비록 그것은 근사한 요리 서적에 나오는 세련된 맛의 피자는 아닐지라도, 나름대로 맛있는 한 끼를 즐길 수 있었습니다. 이진존스 피자는 점심 한 끼를 먹는다는 목표에 달하면서 충분히 만족스러운 맛을 냈습니다.

목표와 능력 사이에 괴리가 크면 클수록 좌절감은 높아지고 꾸준히 지속할 가능성도 줄어듭니다. 요리가 서툰 초심자라면 처음부터 미슐랭 쓰리 스타 음식을 따라 해 먹는 것보다는, 유튜브에서 검색한 간단한 요리를 시도해보는 것이 낫겠지요.

거대한 꿈을 품는 것은 물론 멋진 일입니다. 그러나 그런 거창한 꿈이나 목표가 현재의 나를 무기력하게 만들기도 합니다. 그럴 때는 앞서 목표를 작게 쪼개어본 것처럼, 큰 꿈의 지붕 아래 지을 수 있는 기둥은 무엇일지 먼저 생각해볼 수 있습니다.

엇쓰기 좋은 질문 006

Q. 사소한 것이든 원대한 것이든 상관없습니다.

내가 앞으로 몰입하고 싶은 것이 있다면 무엇인가요?

그것을 향해 가는 과정에서 어떤 최소 단위가 필요할까요?

최소 3단계에서 최대 10단계까지 자유롭게 적어보세요.

A.

엇쓰기 모임

4주 차

감사

감사도 기술이다

여러분은 얼마나 자주 '감사'하시나요? 우리가 일상적으로 내뱉는 '감사합니다'라는 표현과는 달리, '감사'라는 단어만 따로 떼어 놓고 보면 왠지 '세계 평화'나 '인류애'와 같은 단어들처럼 아득하게 느껴집니다. 낯간지럽기도 하고 어색하게도 느껴지지요.

나 하나 먹고살기 바쁜 현대 사회입니다. 우리는 쟁취하고 경쟁하는 태도에 익숙해져 있습니다. 비교가 기준이 되는 사회에서 감사하기란 분명 콧방귀 뀔만합니다. 내가 어떤 것을 받았든지 간에 내 것보다 더 좋은 것을 받은 이가 있을 테니까요. 각종 SNS에서는 부자든 빈자든 상관없이 자신의 최고의 모습을 담아내어 공유합니다. 반짝반짝 빛나는 순간들만 모아 서로를 손쉽게 견주어볼 수 있습니다. 현 사회에서 비교는 너무도 값싸고 쉽습니다. 감히 말하건대 감사하기 어려운 시대입니다.

어린아이들을 보면 잘 알 수 있습니다. 아이들은 자라면서 "안녕하세요"를 배우듯 "감사합니다"를 배웁니다. 어쩌면 감사하기란 뜨개질이나 자전거 타기와 같은 기술의 영역인지도 모릅니다. 그리고 이 기술의 영역은 충분히 길러질 수 있습니다.

엇쓰기 모임 4주 차에서는 기술적 관점의 감사에 대해 배워보고, 감사의 기술이 우리 일상을 어떻게 변화시키는지에 대해 이야기 나눠보도록 하겠습니다.

생명의 힘

벚꽃이 흐드러지던 4월의 봄이었습니다. 책 『소년이 온다』, 『채식주의자』 등으로 유명한 한강 작가의 북토크에 다녀오는 길이었습니다. 그중에서도 당시 가장 신간이었던 『작별하지 않는다』를 주제로 한 북토크였습니다. 한강 작가는 어느 날 밤 꾼 꿈에서 영감을 받아 이야기를 쓰기 시작했고 조금씩 작품을 빚어나갔습니다. 존경하는 작가의 이야기를 눈앞에서 보고 듣다 보니 가슴속에서 마치 이른 봄 새싹처럼 창작욕이 꿈틀댔습니다. 북토크가 끝난 후 저는 왠지 뭉클한 마음으로 강연장을 나왔습니다.

이른 오후의 햇볕이 따뜻하게 등을 데웠습니다. 길고양이처럼 느긋하게 걷다가 저는 우연히 나무 하나를 마주쳤습니다. 아파트의 구획을 나누는 벽돌 더미 틈새로 핀 나무였습니다. 그것은 검지 손가락 한 마디 정도 되는 크기였지만 분명히 나무의 모양을 하고 있었습니다.

나무는 벽돌 틈 사이에 뿌리를 내리고 얇디얇은 가지를 세웠습니다. 가지 끝에는 푸르른 햇빛과 빗물 머금은 이파리를 피워냈습니다. 벽돌과 시멘트 틈 사이라면 분명히 생명이 자랄 환경은 아닙니다. 하지만 작은 나무는 어디든 잠재력이 닿는 곳에 자신을 오롯이, 최선을 다해 피워냈습니다.

▶ 벽돌 틈 사이 핀 작은 나무

길을 걷다 보면 보도블록의 틈 사이로 피어나는 풀들에도 자주 눈길이 갑니다. 그런 무해한 생명의 힘을 마주하다 보면 독특한 경이로움을 느낍니다. '저런 작은 틈 사이에서도 생명이 피어나는구나.' 한 꼬집도 안 될 듯한 적은 양의 흙 사이로 뿌리를 내리는 민들레는 어떤 용기인 걸까요. 자연의 끈질긴 몸짓을 마주할 때면 인간으로서 나는 이 땅에서 무엇을 피워내고 있을까, 생각에 잠기게 됩니다.

또 한 번 생명의 힘을 느꼈던 적이 있습니다. 저의 어머니 집 베란다에는 다육식물이 하나 있었습니다. 한 손으로 움켜쥘 만큼 아주 조그마한 화분은 오랫동안 베란다 구석에 방치되어 있었습니다. 그것은 어느 때나 햇빛을 받았지만 물은 충분히 마시지 못해 잎이 하루하루 말라 떨어졌습니다.

어느 날 베란다에서 화분을 마주했을 때 다육식물은 단 하나의 이파리만을 남기고 있었습니다. 이 화분을 어떻게 해야 할까, 저는 고민에 빠졌습니다. 그러자 어머니가 옆에서 말씀하셨습니다.

"살아남은 잎만 떼어서 새 흙에 올려놓아봐. 그러면 스스로 뿌리를 내릴 거야."

말라서 떨어진 잎을 모두 걷어내고 저는 흙을 한 겹 걸러두었습니다. 그렇게 걸러둔 흙 위에 얹어둔 잎은 새로운 터전을 잡았습니다. 다육이는 몇 주 후 실처럼 얇은 뿌리를 내리고 있었습니다. 생명의 힘을 두 눈으로 마주한 순간입니다.

저는 곧 깨달았습니다. '생명은 무언의 의지를 가지고 있다.' 그리고 자연의 한 부분으로서 인간도 그런 끈질긴 식물만큼이나, 혹은 더 큰 힘을 갖고 있습니다. 한 줌의 흙에서도 생명이 피어나듯이, 우리의 한 줌 일상에서도 무한한 잠재력이 피어날 수 있습니다. 그것은 부정할 수 없는 자연의 존재 법칙입니다.

생애 첫 감사일기

대학 시절 저는 오랫동안 우울감에 허덕였습니다. 결코 앞을 볼 수 없는 미래를 두고 방황했습니다. 학교는 4학년 만을 앞두고 돌연 그만두었고, 일터에서는 몇 번이고 해고 당했습니다. 그동안 꿈꿔왔던 워킹 홀리데이 계획은 코로 나바이러스로 인해 무기한 연기되었습니다. 앞으로의 내 삶에 대한 모든 희망을 잃는 것 같았습니다. 삶이 내 뜻대 로 되지 않으니 자신감도 바닥났습니다. 자신감이 사라진 인간의 마음은 곧 수치심으로 흘러듭니다. 저는 그 수치심

조차 너무 부끄러운 나머지 다른 길을 택했습니다. 세상을 마구 불평하고 냉소하는 것이었습니다. 마지막으로 남은 자존심의 껍데기를 지킬 방법은 그것뿐이었습니다.

저는 더 이상 세상을 마주하기를 거부했습니다. 왜냐하면 세상은 나의 시각으로는 전혀 이해되지 않았고, 우스운 것투성이인 데다가, 구석구석 썩어 문드러져 있었기 때문입니다. 그것은 삶에 대한 거부였습니다. 저는 삶에 비소를 날리며 이렇게 말했습니다. '그래, 너는 네 몫을 살아라. 나는 내 몫을 살게.'

세상을 회피하며 숨어버리는 것만이 제가 할 수 있는 모든 것이었습니다. 저는 온종일 침대에 틀어박혀 지내며 하루하루의 경계를 떠다녔습니다. 저는 곧 깨달았습니다. 세상에 비소를 날릴 수는 있어도 그런 세상에 속해 살고 있는 나로부터 도망칠 수는 없다는걸요. 자퇴와 해고와 좌절을 통해 층층이 쌓인 불만감에도 불구하고 저는 세상을 살아내야 했습니다. 삶을 살아내야 했습니다.

그리고 글쓰기를 만났습니다. 하루 세 페이지 글쓰기로 나의 깊은 속마음을 낱낱이 들여다보았을 때, 미뤄왔던 수치심을 깨달았습니다. 냉소적으로 굳어버린 표정 안에는 나 자신을 부끄러워하는 내가 있었습니다. 졸업할 용기를 내지 못해 부끄럽고, 일터에서 잘 적응하지 못해서 부끄러웠습니다. 또한 해외 도피라는 망상 속에서 아무런 대책이 없었다는 것에도요. 글쓰기는 반성과 겸손의 길을 터주었습니다. 저는 그동안 용서하지 못했던 것들을 차근차근 돌아보기 시작했습니다. 뜻대로 되지 않는 삶, 그만큼이나 뜻대로 되지 않는 나라는 존재를요.

저녁 자기 전마다 감사일기를 쓰기 시작했습니다. 생애 첫 감사일기를 쓴 날을 기억합니다. 2020년 9월 10일 목요일이었습니다. 기록을 시작한 노트에 저는 다섯 가지의 감사일기를 적었습니다.

별것 없었습니다. 점심으로 만들어 먹은 파스타가 다행히 맛있었고, 일상을 다시 세우기 위한 노력 속에서 마음도 점점 편안해지고 있었습니다. 영어 공부를 시작했고, 잠깐이라도 다른 누군가와 마음을 터놓고 소통할 수 있어서 감사했습니다. 무엇보다도 감사일기를 쓰기 시작했다는 점에 감사했습니다. 딱히 기록하지 않아도 살아가는 데에는 아무런 지장이 없는데도, 새롭게 시도했다는 점이 이미 멋진 한 걸음이었습니다.

저는 감사일기를 쓰면서 껍데기만 남은 자존심을 한 겹 한 겹 덜어냈습니다. 곰팡이가 피고 짓무른 비소를 덜어내니 아직 중심부는 매끈하게 빛나고 있었습니다. 다시, 삶이었습니다. 냉소적인 시선을 버리고 감사로 향하는 시선을 남기고 나니 그 위로 새 싹이 나기 시작했습니다. 감사일기를 쓴 지 약 일주일 되던 날부터 저는 확연한 변화를 느낄 수 있었습니다. 겉보기에 저의 일상은 바뀌지 않았지만, 내면에서 무엇인가 서서히 나아지고 있었습니다.

9/10 (목) 감사일기 ♡
1. 파스타를 맛있게 먹어서 감사하다.
2. 마음이 편안해지는 것이 감사하다.
3. 영어 공부를 시작해서 감사하다.
4. 가족들과 대화를 잠깐이라도 나눌수 있어서 감사하다
5. 가족을 시작한 것에 있어 감사하다.

▶ 생애 첫 감사일기

엿쓰기 모임

감사의 비밀

곰곰이 생각하다 보면 우리가 정말 보잘것없이 여기는 모든 일상에도 감사할 것투성이입니다. 목이 마를 때 마시는 물 한 잔, 피부를 타고 흐르는 선선한 바람, 나의 곁을 든든히 지켜주는 가족과 친구들까지. 생각해 보면 우리가 보려 하지 않았을 뿐 감사할 것들이 분명히 존재합니다.

그런데도 저는 살면서 감사라는 단어에 대해서 그다지 관심이 없었습니다. 불만 가득한 세상을 불평하며 살 뿐이었습니다. 비교하는 습관에 인이 박여 감사하기란 사치품이었지요. 그리고 세상을 향해 뱉은 침은 그대로 돌아왔습니다. 불만스러운 감정은 저를 우울하고 무기력하게 했습니다. 순간의 쾌락을 향해 달아나며 감정을 회피하는 과정만을 반복했지요.

새롭게 감사 습관을 기르고 나서는 삶에서 보이는 풍경이 조금씩 달라졌습니다. 감사할 것들이 삶에 그대로 드러나고 나타났습니다.

실제로 감사하는 감각에는 특별한 마법이 있습니다. 감사하기를 연구한 하버드 대학의 탈벤 샤하르Tal Ben-Shahar 교수에 따르면, 감사하고 감동하는 느낌은 우리의 몸에서 '다이돌핀'이라는 호르몬을 분비시킨다고 합니다. 다이돌핀은 스트레스와 고통을 줄이는 호르몬인 엔도르핀의 4,000배 효과로 암을 치료하는 효과도 있습니다. 감사하는 마음을 가지면 스트레스 호르몬인 코르티솔이 줄어들어 몸의 자연적인 면역력이 높아집니다. 몸의 긴장을 풀고 이완시키는 명상과 비슷한 효과입니다. 이완된 몸은 숙면을 취하는 데에도 필수적입니다.

"감사를 표현하는 사람은 그렇지 않은 사람보다 더 큰 행복을 느끼고, 결단력 있게 행동할 줄 알았으며, 활력이 넘치고 더욱 긍정적인 모습을 보였다. 또한 친절하고 다른 사람에게 기꺼이 도움이 되고자 하는 태도를 보였다. 무엇보다 그들은 잠을 더 잘 자고 운동을 많이 했으며 육체적 질병도 거의 발생하지 않았다."

— 탈벤 샤하르,『하버드대 52주 행복 연습』중에서

빛의 이중성 실험

감사하기는 오로지 나의 시선에 달려있습니다. 내가 어떤 시선으로 세상을 보고 있는지에 대한 이야기입니다. 과학에는 풀리지 않는 미스터리로 불리는 '상보성'이라는 개념이 있습니다. 상보성은 '이중성' 혹은 '불확정성의 원리'라고도 하는데, 쉽게 말해 A 방식으로 보면 A로 도출되고, B 방식으로 보면 B로 도출된다는 뜻입니다.

빛의 입자와 파동 실험이 바로 그 예시입니다. 이전 과학자들은 빛이 물질(입자)인가 운동(파동)인가에 대해 열띤 논쟁을 벌였습니다. 18세기에 뉴턴은 빛이 입자라는 것을 밝혀냈습니다. 여기서 입자란 원자(물리적 최소 단위)보다 더 작은 물체를 말합니다. 미립자로 나눠지며 밀가루 한 톨만큼의 작은 크기의 물체이지요. 뉴턴의 입자설은 정설로 과학계에서 널리 인정되었습니다.

이후 19세기의 토머스 영은 새로운 발견을 합니다. 빛이 파동의 영역이라는 것을 이론적으로 밝혀낸 것입니다. 파동이란 계속되는 활동, 즉 진동이라는 말입니다.

20세기에 들어 아인슈타인은 빛의 파동설 혹은 입자설에 의문을 제기합니다. 빛은 입자로만 설명할 수도, 파동으로만 설명할 수도 없다는 것이 그의 주장이었습니다. 그는 빛의 이중성을 이론적으로 밝히며 양자역학의 세계를 엽니다.

아인슈타인의 새로운 발견 이후에도 과학자들은 각각의 관점으로 논쟁했습니다. 과학자마다 실험의 결과가 계속해서 다르게 나타났습니다. 입자라는 데에 동의하는 과학자들의 실험에서는 빛이 입자성을 얻고, 파동이라는 데에 동의하는 과학자들의 실험에서는 빛이 파동인 것으로

드러났습니다.

아직도 빛 실험은 미스터리로 남아 '상보성'이라는 이름으로 불립니다. 이게 저것이고 저것이 이것인 상황입니다. 다소 황당한 모순인 듯하지만, 상보성의 개념은 자연의 이치와 같습니다. 삶 속에 죽음이 있고, 빛은 어둠 속에서 빛날 수 있으니까요.

삶은 내가 보는 대로 보이는 것입니다. '제 눈에 안경'이라는 말도 있듯이요. 내가 불만 가득한 시선으로 세상을 바라본다면 불만 가득한 세상이 되고, 감사할 것 가득한 시선으로 바라본다면 감사할 일이 흘러넘치는 세상이 됩니다. 그렇다면 여러분은 어떤 시선을 택하실 건가요? 불만을 꼬집는 안경을 택하려 하나요, 감사로 충만한 안경을 택하려 하나요?

보는 대로 세상이 바뀐다는 건 아주 흔한 말처럼 느껴지기도 합니다. 간단한 이야기지만 분명히 우리의 오랜 습관은 계속해서 저항할 것입니다. 자주 부정성에 휩싸이고, 판단하는 습관은 내내 우리를 맴돌 테지요. 그럴 때는 지혜롭게 작은 한 걸음을 내딛는 태도가 필요합니다. 바로,

감사일기를 쓰는 습관을 길러보는 것입니다. 감사일기는 가장 쉽고 간단하게 시선을 전환하는 방법입니다.

엇쓰기 모임

플리마켓에서 일어난 일

해가 쨍쨍한 5월이었습니다. 저는 일곱 명의 동료 작가들과 같이 한 플리마켓에 나섰습니다. 시민들과 책 문화를 나누기를 바라는 마음으로 기획한 이벤트 부스를 이틀 간 운영했습니다. 저와 일곱 명의 작가들은 지정받은 부스에서 중고 책을 나눔 하거나, 각자 책과 관련한 참여 행사를 열기도 했습니다.

저는 책 『뜻밖의 글쓰기 여정』을 가지고 감사일기 카드를 써보는 활동 이벤트를 기획했습니다. 직접 제작한 감사일기 카드의 우측 상단에는 감사의 효능이 적어두었습니다. 마치 찜질방 벽에 붙어있는 소금방의 효능을 보면 왠지 더 건강해지는 기분이 무엇인지 아실 것입니다. 감사일기를 처음으로 접하는 이들이 조금 더 마음을 열고 다가가기를 바라는 마음으로 남긴 간단한 설명이었습니다.

'감사일기 쓰기는 부정적인 감정을 완화하며 삶을 긍정적으로 바라보게 합니다. 감사하는 감정은 삶의 만족도, 행복감, 자아존중감, 자기 효능감에 좋은 영향을 줍니다.'

세상에서 가장 기분 좋은 단어들을 골라서 채우면 이런 문장이 되려나요. 감사일기의 급진적인 긍정성을 담은 카드에는 굳은 확신이 묻어났습니다. '감사일기는 분명히 당신에게 좋은 에너지를 가져다 줄 거예요.'

약 90분간 이어진 행사는 인산인해를 이루었습니다. 플리마켓에 놀러 온 가족들, 아이들, 연인들은 감사일기 이벤트 부스에 방문했습니다. 그중에서도 저는 부모님과 자녀 분들이 함께 들러 감사일기를 썼던 것이 오래 기억에 남습니다. 어머님은 '감사'라는 단어를 떠올린 것만으로도 크게 감동이라 표현하시며 카드를 정성스레 작성하셨습니다. 연신 감동하는 어머님의 모습을 보고 저는 아주 뭉클한 마음이 들었습니다. 단어에는 무언의 힘이 있습니다.

아이들을 여럿 초대한 것도 소중한 순간이었습니다. 한 아이는 카드에 이렇게 적었습니다. '부모님이 힘들어도 힘내고 지켜줘서 감사하다.' 또 다른 아이는 이렇게 적었습니다. '친구랑 사이좋게 지냈어요, 좋아하는 과자 먹었어요, 엄마랑 즐겁게 산책해요.'

친구와의 즐거운 시간, 좋아하는 과자를 먹는 만족감, 엄마와의 따뜻한 산책 시간. 이 얼마나 사소한 것들인가요? 그리고 그 사소함에 눈을 맞추었을 때, 그제야 사소함은 특별함이 되어 비로소 반짝반짝 빛이 납니다.

우리는 대개 단일한 시선을 갖고 살곤 합니다. 그것은 마음에 들지 않는 것을 꼬집는 시선, 불만에 주의를 기울이는 시선입니다. 불만이 가득한 만큼, 우리 삶에는 행운도 가득합니다. 보려 하지 않았을 뿐, 일상 곳곳에 감사할 만한 일은 분명히 존재합니다.

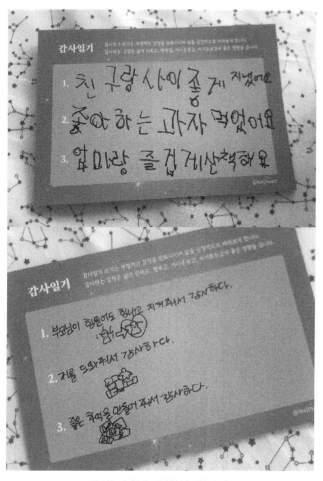

▶ 아이들과 함께 작성한 감사일기 카드

엇쓰기 모임

최근에는 새로운 감사할 거리를 찾았는데, 그것이 제게는 너무나 생소해서 놀란 적이 있습니다. 그것은 바로 청각에 대한 감사였습니다. 어떤 가수의 영상을 보는데, 아무런 음성이 나오지 않는 것입니다. 그때 느낀 것은 마치 영화 〈코다〉에서 주인공 루비의 청각장애 아버지가 딸이 부르는 노래를 듣지 못할 때의 허탈함과 비슷했습니다. 듣고 감동할 수 있다는 것은 진실로 복된 일이라는 아릿한 깨달음이었습니다.

감사를 느낄 때, 우리는 항상 행복하지 않을 수 있습니다. 오히려 감사로 느껴지는 크나큰 삶의 축복이 두려워질 수도 있지요. 왜냐하면 감사를 느끼는 동시에 우리는 그것이 사라진 상황을 떠올려볼 수 있기 때문입니다.

독일 출신의 프랑스 의사인 알베르트 슈바이처는 한 가지 지혜를 제안했습니다. '이것이 내 것이 아니라면' 어땠을지 떠올려보는 것입니다. 현재 자기가 갖고 있는 것을 상실했다고 가정해 보면 지금의 상황에 자족할 수 있다는 말입니다. 슈바이처의 제안은 감사의 지혜와 비슷한 결을 갖고 있지만, 꼭 낭만적이거나 낙관적이지만은 않지요.

이를테면 우리는 다른 누군가의 멋진 집을 보고 '저 사람은 저런 집에 살고 있으니 참 좋겠다'라고 생각할 때가 있습니다. 그때 일차적으로는 부러움을 느끼고, 깊게는 질투심 혹은 소유욕을 느끼지요. 욕망이 짙어지면 괴로워지기도 합니다. 우리는 여기서 다른 방향으로 시선을 돌려볼 수 있습니다. 현재 내가 살고 있는 집에 한 번 눈을 맞춰보는 것입니다. '내가 이런 집도 없었다면 어떻게 살았을까. 이런 집이라도 살 수 있어서 정말 감사하다'는 식으로 말입니다. 무작정 바깥으로 향하는 시선을, 내가 이미 누리고 있는 것들에 끌어당겨 보는 것입니다.

> "나의 재산과 지금의 건강, 다정한 연인 혹은 친구, 가족 등 내 주위에서 나를 구성하고 있는 것들에 대한 가치를 깨닫기 위해서는 '그들이 없다면 어땠을까'를 먼저 생각해야 한다. 지금의 이 재산이라도 없었다면 나는 어떻게 되었을까. 지금 아파서 누워있다고 생각하면 지금 나의 건강이 고맙게 느껴질 것이다. 나의 연인, 친구, 가족이 없다고 생각하면 그것은 상상할 수도 없을 만큼 불행한 일이 아닌가." [9]

엇쓰기 모임

감사한다는 것은 이미 내가 가진 것에 대해 한 번 돌아본다는 뜻입니다. 하지만 역설적으로 내가 이미 가졌다는 것은 그만큼 알아차리기 힘든 것이기도 합니다.

평소 안경을 끼는 사람은 안경을 자기 존재의 일부분으로 여깁니다. 그러다 안경을 벗었을 때 그는 깨닫습니다. 안경의 존재가 나의 중요한 일부분이었다는 사실, 그리고 뚜렷하게 물체를 보는 것은 소중한 경험이라는 걸요.

Q. 나에게 OO이 없다면 어땠을까요?

상실을 가정하여 자유롭게 표현해 보세요.

(ex. 몸, 건강, 친구, 가족, 연인, 직장 동료, 일, 활동,

집, 물건 등)

A.

5주 차

무의식

내 안에 너 있다

가끔 나도 모르게 특정한 행동을 할 때가 있습니다. 이를테면 목이 아주 마를 때 자연스럽게 손이 물컵으로 향한다거나, 호감 가는 사람 앞에서 괜히 머리를 쓸어 넘긴다거나 하는 식으로요. 그럴 때 우리는 이렇게 말할 수 있습니다. "무의식적으로 그랬어."

옥스퍼드 사전에 따르면 무의식은 '자신의 행위에 대한 자각이 없는 상태'를 말합니다. 그리고 정신분석학에서는 무의식을 '의식 밖에 있는 것', '의식에 영향을 미치지만 자유 연상, 최면 등 특정 조작을 하지 않는 한 의식화할 수 없는 심적 내용'을 뜻합니다.

바닥으로 떨어지는 휴대폰을 순간적으로 잡게 될 때, 멀리서 오는 공을 휙 하고 피하게 될 때, 혹은 키보드의 자판을 모두 보지 않아도 칠 수 있는 것도 모두 무의식의 능력 덕분입니다. 심지어 누군가를 보고 매력적이라 느끼는 것도 무의식적 끌림에 기반합니다. 이외에도 몸의 기본적 생리현상들, 숨을 쉬거나 눈을 깜빡이거나 심장을 뛰게 하는 것까지가 무의식의 역할입니다.

무의식이 우리 삶에 작용하는 폭은 매우 넓습니다. 우리가 하는 행동의 대부분이 무의식의 영향 아래 있다고 봐도 무방할 정도로요.

무의식의 영향력

무의식은 인간 행동의 90퍼센트 이상을 결정합니다. 그도 그럴 것이, 만일 숨을 쉬는 일에서부터 심장을 뛰게 하는 일까지 의식적으로 움직여야 했다면 아마 우리는 단

하루도 살아남지 못했을 것입니다. 인간의 생리 현상은 "숨은 이런 박자로 이만큼 쉬자", "심장은 이 정도 비트로 뛰게 하자"라는 식의 의식적인 통제가 불가능합니다. 물론 특정 명상 등으로 집중한다면 잠깐은 심장 박동이나 호흡에도 의식이 영향을 줄 수 있지만 그것은 24시간 지속할 수 없습니다. 일시적 통제 아래의 의식보다 더 거대한 무의식은 언제나 수면 아래에서 몸과 마음을 관장하고 있습니다.

의식과 무의식의 차이는 '빙산의 일각' 이미지로 쉽게 이해할 수 있습니다. 빙산을 볼 때 우리는 수면 위로 뾰족하게 솟아있는 부분만을 인식합니다. 그러나 수면 아래에는 보이지 않는 무의식이 존재합니다. 그것은 수면 위 작은 빙산을 단단히 지지하고 있으며, 크기도 훨씬 더 거대합니다.

또 다른 이미지로도 빗대어볼 수 있는데요, 최면심리상담가 석정훈의 책 『무의식은 답을 알고 있다』에서 그 해답을 찾을 수 있습니다. 책에서 그는 무의식을 거대한 코끼리로, 의식을 코끼리 위에 탄 사람으로 비유합니다. 말하자면 코끼리는 동물적인 감각, 감정, 본능이며 그 위의 사람은 인간의 합리성, 이성을 나타냅니다. 무의식으로 표현되는 코끼리는 아주 거대합니다. 하지만 그렇게 똑똑하지는 않아서, 그 위에 탄 사람이 방향을 가리키지 않는 이상 코끼리는 자기 멋대로 행동합니다. 반면 의식으로 표현되는 사람은 논리적이고 이성적인 추론을 할 수 있습니다. 인간은 똑똑한 데 반해 사람은 대신 몸집이 작고, 코끼리의 움직임에 완전히 지배됩니다.

인간의 심리는 크게 의식과 무의식으로 나눌 수 있습니다. 의식에는 생각, 사고, 기억, 지식이 있습니다. 의식은 수면 위에서 눈으로 볼 수 있는 빙산 얼음 조각, 그리고 합리성의 인간으로 비유되었죠. 반면 무의식은 두려움, 이기적인 욕구, 비합리적 소망, 수용하기 어려운 성적 충동, 수치스러운 경험, 부끄러운 실수와 같은 경험으로 구성되어 있습니다. 그것을 앞서 수면 아래에 숨겨진 거대한 빙산, 동물적 감각을 가진 코끼리로 빗대어 표현하였지요.

무의식은 평소 드러내기를 원치 않는 극적인 감정을 담는 그릇입니다. 그래서 무의식은 우리가 쉽게 인식하기 어려우며 감정 경험 안에는 수많은 방어기제가 존재하기 때문에 자기 자신에게 솔직해지는 것이 무엇보다도 중요합니다.

우리는 엇쓰기를 통해 의식을 파헤치는 과정을 겪습니다. 지금 어떤 생각을 하고 있는지, 어떤 감정이 드는지와 같이 단순히 느껴지고 보이는 것을 먼저 들여다봅니다. 그러다 보면 점점 깊은 관점에서의 감정을 느끼게 되기도 합니다.

모임에 참여했던 엇쓰기 파트너 중 한 분은 최근 연애를 하고 싶다는 생각이 들었다고 했습니다. 그런데 엇쓰기를 하며 느껴보니 사실 연애를 하고 싶은 게 아니라 사랑을 주고받는 경험을 하고 싶었다는 걸 깨달았습니다. 그것은 꼭 연애라는 일 대 일의 독점 관계에서 일어나야 하는 것이 아니었습니다.

이미 곁에 있는 가족과 친구들, 하다못해 길에서 마주치는 사람들과도 다정함, 배려와 같은 사랑의 속성을 주고받을 수 있습니다. 가령 저 멀리서 달려오는 사람을 위해 엘리베이터 문을 잡아주거나, 타인과 눈을 맞추고, 웃으며 인사를 하는 사소한 행동으로도 말입니다.

한편, 경제적인 불안감이 연애를 원하는 방향으로 연결되기도 했습니다. 수입이 정기적이지 않은 일을 하던 한 엇쓰기 파트너는 재정적인 불안감을 느끼고 있었고, 그에 따라 연인을 만날 때 안정적인 수입을 벌어들일 수 있는 사람을 만나고 싶었습니다. 이렇게 자기 안에 있는 욕망과 기대를 발견하는 과정이 엇쓰기의 여정입니다. 내 욕망의 출처가 무엇인지 인식하는 것은 어둠에 가려진 무의식을 건강하게 다루는 방법입니다.

무의식을 연구하다

현대 이전까지는 무의식에 대해 알아보기란 쉬운 일이 아니었습니다. 눈에 보이지 않는 무의식을 어떻게 연구할 것인가에 대해서는 과학계에서도 심리학에서도 꾸준히 관심 있는 주제였지요. 그러다 오스트리아의 정신의학자 지그문트 프로이트는 '정신분석학'이라는 이름 아래 본격적으로 무의식을 연구하기 시작했습니다.

프로이트는 현대 심리학에서 융, 아들러와 함께 정신분석 삼대장으로 유의미한 연구를 펼쳤습니다. 하지만 동시에 21세기의 시선으로 보았을 때 수많은 논란거리를 야기한 학자이기도 하지요. 이를테면 남근 선망이라거나 오이디푸스 콤플렉스 등 성적인 충동으로 치우쳐서 심리를 바라보는 연구로 많은 비판도 받았습니다.

프로이트는 생전 7,000개가 넘는 연구 결과를 발표했다고 합니다. 심지어 노년기에는 자기가 연구한 바에 대해 오류를 수정하고 말을 바꾸기도 했습니다. 프로이트도 한 인간이었기에 7,000가지의 연구 중에서 물론 실수와 오류가 있었을 테지요. 수많은 논란에도 불구하고 아직 유의미하게 인정받는 연구들이 있다는 점에 집중하여, 프로이트가 펼쳐낸 무의식 이야기를 펼쳐보려 합니다.

프로이트는 정신분석학을 연구하며 무의식을 통한 치료 가능성을 발견합니다. 특히 '노이로제'는 그의 주 관심사였는데요, '신경쇠약', '신경증'으로도 해석할 수 있습니다. 말하자면 내적인 갈등에서 비롯되는 정신병을 말합니다. 그는 신경증을 연구하며 역사에 길이 남을 혁명적인 문장을 덧붙입니다.

"인간은 누구나 신경증 환자다."

정신분석학에서는 인간을 정상과 비정상으로 구분하지 않습니다. 정도의 차이가 있을 뿐, 누구나 신경증을 앓고 있다고 여깁니다.

우리는 살아가면서 '정상성'에 대해 크게 고민합니다. 외적, 심적, 정신적인 면에서는 물론 사회적 역할에서도 정상성의 기준을 부여받습니다. 학생으로서, 직원으로서, 언니로서, 어머니로서, 아버지로서, 자식으로서……. 정상성에 위배되면 자신도 죄책감을 가지고, 타인의 언짢은 시선을 받게 될 때면 괴로워집니다.

그러나 우리가 생각하는 정상성이란 공상 속 유토피아일 뿐입니다. 분명히 우리가 입 밖으로 내지 못할 이야기들이 내면에 숨겨져 있고, 인간은 그것에 억압받고 있습니다. 여기서 프로이트의 이 한마디가 위안이 됩니다. 나뿐만 아니라 당신도 어쩌면 마음 한편에는 신경증적인 면을 조금씩은 품고 있다는 아이디어로 우리는 일종의 용기를 부여받지요. 이상하고 괴짜스럽고 비정상적인 모습을 받아들일 용기입니다.

엿쓰기 모임

무의식을 통한 치료법

프로이트는 무의식을 통한 치료법으로 '자유연상법'을 제시합니다. [10] 자유연상법은 내 안의 억압을 자유롭게 말로 풀어내는 작업으로, 환자는 신경증은 물론 신체의 통증까지 치유할 수 있었다고 합니다.

방법은 간단합니다. 환자 자신이 고통받는 이유를 자유롭게 말하도록 하는 것입니다. 말을 한다는 것은 표현한다는 뜻입니다. 그리고 표현한다는 것은 내가 이해할 수 있는 방향으로 나타내본다는 것입니다. 언어는 이해하기 전에는 내뱉을 수 없기 때문입니다. 내 안의 억압을 자유롭게 표현해 보는 자유연상법 치료를 통해 환자는 증상과 행동을 스스로 이해할 수 있었습니다. 말하자면 무의식을 의식화할 수 있었던 것입니다. 그동안 충분히 표현하지 못한 채 억누르고 있던 것을 말로 표현하면서 신경증에 비롯된 증상들도 점차 사라졌습니다.

자유연상법이 말을 통한 치료법이라면, 엇쓰기는 글을 통한 치료법이라고 할 수 있습니다. 엇쓰기 노트와 펜 앞에 앉은 우리는 환자이면서 동시에 마음을 돌보는 의사가 됩니다. 엇쓰기를 하면서 우리는 의식과 무의식의 희미한 경계 속으로 들어서고, 스스로를 더 이상 속이지 않는 방향으로 나아가볼 것입니다. 억압을 풀어내며 한 번 솔직해져 보는 겁니다. 그러면서 우리는 야생적이고 방어적인 무의식으로 서서히 다가가게 됩니다.

혹시 여러분이 최근에 꾼 꿈은 무엇이었나요? 가끔 떠올리는 특이한 상상이 있나요? 혹시 최근에 말실수를 해서 당황스러웠던 적이 있었나요? 꿈이나 공상, 말실수같이 흔한 현상에도 무의식이 작용하기 마련입니다. 기본적으로 무의식은 생각을 통해 계속해서 자기 모습을 드러냅니다.

여러분, 이제는 그것에 눈을 맞출 시간입니다. 그 누구도 아닌 오직 나를 위해서 말입니다.

엇쓰기 모임

엇쓰기 좋은 질문 008

Q. 살면서 가장 두려웠던 경험 혹은 수치스러웠던
경험이 있나요? 만약 있다면, 그 경험에 대해
아래에 한번 자유롭게 적어보세요.

A.

엇쓰기 모임

강력한 감정적 경험들

무의식은 앞서 말했듯이 굉장한 감정적 경험들이 축적된 판도라의 상자와 같습니다. 살면서 겪은 두려움, 이기적인 욕구는 물론 강한 성적 충동, 수치감, 부끄러움 등 우리가 평소에 기피하는 감정과 그와 연관된 경험들은 모두 무의식에 숨습니다. 심지어 방어적인 뇌는 그런 경험을 의식에서 완전히 삭제하기도 합니다. 정신질환 중 조현병이나 해리 현상 등은 사실, 무의식의 억압을 스스로 더 이상 참아내지 못하여 생겨나는 병입니다.

학창시절 따돌림으로부터 생긴 일

저는 학창 시절 내내 친구 관계에 큰 어려움을 겪으며 살았습니다. 초등학생 때 겪었던 따돌림의 경험은 오랫동안 큰 아픔이자 상처로 남았고, 그것은 다시 겪어서는 안 될 일이라고 생각했습니다. 그래서 저는 중학교를 입학할 때부터 성인이 될 때까지도, 친구를 사귀기 위해 온갖 노력을 다했습니다. 하지만 오히려 그런 애달픈 노력이 그들의 입장에서는 어색하고 이상하게 느껴졌을 것입니다. 심지어는 그다지 심성이 맞지도 않는 아이와도 친해지려 애를 썼으니까요. 끊임없는 좌절의 경험에도 불구하고 저는 매해 새로운 학년이 되면서부터는 더욱 심지를 다졌습니다. '이번만은 꼭 단짝 친구를 사귀어보겠어.'

이제 저는 그런 작위적인 노력이 인간관계에서 통하지 않는다는 걸 잘 알고 있습니다. 그러나 그때는 어떤 다른 방법도 알지 못했고 그럴 수도 없었습니다. 혼자 남은 수치심에 떨면서 그저 화난 소, 병난 소처럼 들이받을 뿐이었지요. 누구도 상처 주지 않았는데 스스로 상처를 받을 때도 많았고, 단순한 거절의 의미를 왜곡하여 나를 싫어하는 건 아닌가 판단하며 분노할 때도 있었습니다. 그러다 대학생이 되어서 저는 마지막 사활을 둡니다. 정말 마지막으로 한 번 시도해 보겠다는 다짐으로 사람들을 만나기 시작했습니다.

회고하는 지금 이 순간 돌이켜봐도, 과거의 저 같은 사람은 길에서라도 마주치기 싫을 것 같지만 그때는 잘 몰랐습니다. 제가 성의로 하는 행동이 모두에게 좋게 받아들여질 수 없다는 것을요. 그리고 나 아닌 모습으로 괜찮은 사람인 척 꾸며내는 방법으로는 단 한 달도 버틸 수 없다는 것도요. 그렇게 저는 제 안의 왈가닥한 모습을 숨겨가면서까지 타인이 원하는 사람이 되기 위해 노력했습니다. 당연히 그런 방법은 통할 리가 없었고 관계도 멀리 가지 못했습니다.

저는 그동안 큰 오해를 하고 있었습니다. '내가 바뀌면 되겠지.' 물론 모든 변화는 나로부터 시작되는 것은 맞습니다. 하지만 엄연히 존재하는 나, 실존하는 나를 버리고 도망칠 수는 없습니다. 그것은 삶이 제게 건네준 하나의 교훈이었습니다. 김애란의 소설 『비행운』 속 한 마디처럼,

나는 겨우 자라 내가 될 뿐입니다.

현재로서는 저의 능력치를 인정하며 관계에서 얼마만 큼의 에너지를 쓸 수 있는지를 스스로 감각하고 인식하는 과정에 있습니다. 알면 알수록 제게 실망하게 되고, 어쩌면 너는 좋아하는 사람들에게 이것밖에 못하느냐는 타박도 스멀스멀 올라옵니다. 그래도 어쩌겠어요. 지속되지 않는다면 어떤 노력도 무상합니다. 오히려 저는 소중한 인간관계일수록 원활하게 바람이 통하도록 하는 태도가 더 잘 맞았습니다. 사람은 알면 알수록 기대하게 되고, 그 기대가 머지않아 실망으로 번진다는 것도 알게 되었습니다. 또한 저는 우리로 함께하며 느끼는 괴로움보다, 홀로 느끼는 외로움을 더 잘 견디는 사람이라는 것도 알게 되었습니다.

아마도 인간적인 성숙 과정에 있어서 앞으로 더 나아가야 할 길이 있으리라 생각합니다. 그래서 지금 제가 하는 생각들 하나하나, 경험 하나하나를 더욱 소중하게 기억해 두려고 합니다. 언젠가 돌아봤을 때, 그때는 그랬고 지금은 이렇다고 말할 수 있도록요.

6주 차

연결

6주간의 여정 돌아보기

6주간의 엊쓰기 여정이 이제 막바지를 향해 달려갑니다. 마지막 이야기를 하기에 앞서 먼저 그간의 여정을 돌아보는 시간을 가져보려 합니다. 우리는 1주 차에서 함께 엊쓰기의 효과와 목표를 짚어보았습니다.

엊쓰기의 효과 첫 번째는 두려워하지 않고 글을 쓰고 표현할 수 있고, 두 번째로는 작은 성취를 경험하며 자기 효능감과 자기 신뢰를 쌓을 수 있다는 것이었습니다. 그 실천 방법으로써 2주 차에서는 감정을 느껴보고 적절히 표현하는 일의 중요성을 소개해 드렸고, 3주 차에서는 몰입을 주제로 내 일상을 한 번 돌아보는 활동을 제안해 보았습니다.

엇쓰기 모임을 만들 당시, 마음속에 담아두었던 목표가 있었습니다. '글을 쓰려하는 사람들이 용기 있게 표현하고 창작하도록 돕고 싶다.'

이 목표는 결코 일방적이지 않았습니다. 저 또한 한 명의 창작자로서, 엇쓰기 모임 파트너분들의 이야기를 들으며 배울 수 있었으니까요. 이렇게 상호 방향으로 글쓰기 및 창작과 배움에 관심이 있는 사람들이 서로 연대하고 건강한 방식으로 연결되는 엇쓰기 모임이 되기를 바랐습니다.

이 책은 더 많은 파트너분을 만나 소통하기 위한 초대장입니다. 매주 차 동행하며 아주 작은 영감의 실마리를 얻으셨다면 그것만으로도 제게는 큰 기쁨입니다. 책은 마지막 장으로 향해 가고 있지만 아쉬워 하기는 이릅니다. 끊임없이 연결되고 확장하는 창조의 비법이 한 가지 남아 있습니다.

연결하며 얻는 힘

엇쓰기는 기본적으로는 타인과의 단절을 추구합니다. 주제가 연결이라더니 단절이 무슨 말인가 싶은 생각이 들지도 모릅니다. 처음에는 단절이라는 단어가 굉장히 무시무시하게 느껴질 텐데요, 길게 보면 사실 꼭 그렇지는 않습니다. 단절이란, 말하자면 잠시 침묵하는 일입니다. 침묵 속으로 침잠하여야 새로운 끈으로 연결될 수 있기 때문입니다. 창작을 할 때 침묵의 단계를 거치지 않는다는 것은 신발 끈을 묶지 않고 달리는 것과 같습니다. 그만큼 어딘가 나사 빠진 반쪽의 상태라는 뜻입니다.

엇쓰기를 위해서는 혼자만의 시간이 꼭 필요합니다. 그게 단 1분이든 10분이든 간에 우리는 세상과 단절되어 내면으로 침잠합니다. 그러면 우리는 마음의 소리에 귀 기울일 수 있는 시간을 갖게 됩니다. 이것이 엇쓰기가 가져다주는 첫 번째 연결, 내면과의 연결입니다.

홀로 부지런히 쓰고 단절되는 시간이 깊어지게 되면 우리는 머지않아 고개를 듭니다. 끊임없이 재생산되는 우리

엇쓰기 모임

의 창조력은 스스로 성장과 발전을 요구하게 됩니다. 새로운 도전이 필요한 시기가 도래하는 것입니다. 이때쯤에 우리는 사람들을 만나게 됩니다. 내가 몰입하고 있는 것에 대해 연결 지점이 있는 이들입니다. 가령 취미 모임 정보를 마주친다거나, 내가 관심 있는 분야에 종사하는 사람을 만난다거나 하는 방식입니다. 이것은 정말로 마법이라고 부를 수 있을 만한 일입니다. 바로 내가 불러들인 마법입니다.

이때부터 우리는 온갖 새로운 세계 속으로 뛰어듭니다. 새로운 세계 속에서 우리는 완전히 부딪히고 깨질 것입니다. 여기서 두려움에 대한 이야기는 덜어내겠습니다. 왜냐하면 엇쓰기 도구 두 가지—세 페이지 글쓰기와 감사일기—를 매일 부지런히 해낸 이에게 두려움보다는 용기라는 단어가 더 어울리기 때문입니다. 매일 새로 뜨는 해는, 새로 쓰는 세 페이지의 글이기도 합니다. 새로 쓰는 감사일기이기도 하고요. 끊임없이 축적되는 스스로에 대한 믿음과 용기 속에서 우리는 쉽게 회복할 것입니다. 그렇지 않다면 시행착오를 통해 배울 것입니다. 새로운 세계를 탐험하며 느끼는 희로애락은 아주 자연스러운 과정이며 우선 내 마음이 가는 대로 나아가보면 됩니다. 그 길에 배움이 있을지언정 결코 한치의 틀림 없을 것입니다.

그렇게 엇쓰기를 꾸준히 하다 보면 어느 궤도에서 알게 됩니다. 분명 내가 할 수 있는 이야기가 있다는 것을요. 내 안에서 끓어오르는 이야기가 있다는 것을요. 그러면 그 끓어오르는 이야기 속으로 풍덩 빠져버리면 됩니다. 창작은 너무 진지하게 여길 필요가 없습니다. 그저 꽉 찬 페이지를 넘기듯, 혹은 빵 한 조각을 씹어 넘기듯 그렇게 편안하게 대하면 됩니다. 그것이 바로 우리가 엇쓰기로부터 배우는 철학입니다. 생각의 세계에서 머물러있기보다는 우선 부딪히고 깨질 작정이라도 나아가보는 것.

새로운 세상과의 연결을 통하면 우리의 창조력은 활개를 칩니다. 관심사가 통하는 이들과 함께 나누는 모든 대화는 영감입니다. 내가 관심을 가진 것에 대해 편안하게 말할 기회 한 번은 괜찮은 책 한 권을 보는 것만큼이나 큰 시너지를 발휘합니다. 그렇게 용기로 다가가 폭죽 터지는 듯한 내면의 열정을 한 번 느껴보세요. 그게 무엇이든 상관없습니다. 관련 모임에 참여해 볼 수도 있고, 워크숍, 원데이 클래스, 혹은 화상 채팅 모임이라도 진지하게 한 번 임해 보세요. 점점 여러분의 영향력이 세상으로 뻗어나가는 과정입니다.

끊임없이 연결되는 순간, 표현하지 않고는 못 배길 것입니다. 우리는 이 영역에서 창작자로서의 시작점을 밟는 것입니다. 내 안에서 우러나오는 이야기들을 자연스럽게, 사람들과 공유하고 싶은 마음이 들 것입니다. 그것은 마치 어린아이가 유치원에서 그린 그림을 가족들에게 보여주고 싶은 그런 마음과 비슷합니다. 아이는 집에 돌아와서는 이렇게 외치고 싶습니다. "자, 이것 봐요. 멋지죠?" 얼마나 사랑스러운가요? 만일 그것이 완전히 외면당하더라도 그것은 정말로 사랑스럽고 용기 있는 한 걸음임에는 틀림이 없습니다.

만에 하나 벌어질 철저한 외면에도 불구하고 계속해서 그림을 그린다면, 그림을 그리는 데에 스스로 자부심을 가질 수 있다면, 그런 반응 하나 정도는 콧방귀 뀔만합니다. 왜냐하면 그림 그리는 과정 자체만으로도 아이는 즐거움을 느끼고 있기 때문입니다. 이러한 즐거움은 아무도 방해할 수 없는 창작자로서의 존재감입니다. 비로소 가치 있는 창작을 할 잠재력이기도 합니다.

세상과의 조우

3학년 겨울방학 무렵 대학교를 그만두고 백수였던 당시 저는 꽤 오랜 암흑기를 보냈습니다. 9개월간의 장정이었습니다. 그러다 저는 우연히 한 페이지의 엇쓰기를 시작했고, 다시 일상을 구축하며 몸과 마음의 건강을 서서히 회복하고 있었습니다.

건강이 많이 호전되었을 때쯤 저는 곧 새로운 도전에 구미가 당기기 시작했습니다. 내면과의 연결 이후로 자연스레 세상과의 연결이 필요했던 것입니다. 글쓰기와 조금의 걷기로 일상을 채워본다 한들 집에 홀로 남아있는 시간은 너무 길었습니다. 두세 달의 달콤한 백수 생활 이후로 텅 빈 하루하루는 그저 지루함만이 가득했지요.

그러다 저는 흥미로운 콘텐츠를 하나 마주쳤습니다. 우연히 한 블로그로부터 100일 동안 매일 빠짐없이 글쓰기를 하는 챌린지를 보게 된 것입니다. '뭔가 재미있겠는데' 싶은 직감이 가슴으로부터 일어났습니다. 저는 곧바로 그 두드림에 응했습니다. 노트북을 켜고 글을 쓰기 시작했지요. 브런치스토리brunch story 작가가 되기로 한 것입니다. 엿쓰기 노트 밖에서의 첫 연결은 이곳에서 이루어졌습니다.

나와의 약속 지키기

저는 매일 5시 반에 일어나 하루 90분을 투자하여 한 편의 글을 펴냈습니다. 저와의 약속이었습니다. 매일 글을 쓰겠다는 약속, 그리고 고요한 아침에 쓰겠다는 약속입니다.

저는 2020년 11월 1일부터 시작하여 2021년 2월 9일까지, 몸이 아팠던 하루를 포함하여 101일간 챌린지를 완수해 냈습니다. 지금 생각하면 그것은 무모한 도전이었지만 돌아보면 무엇보다도 뿌듯한 결실입니다. 브런치에서 챌린지가 끝나고 약 1년 후에는 100일간 쓴 글을 추려 첫 독립출판물인 『뜻밖의 글쓰기 여정』을 펴내기도 했습니다.

책 출간을 기반으로 많은 기회가 찾아들었습니다. 북토크를 열거나 외부 강연에 나가고, 북이벤트 부스를 열거나 북페어에 참가하여 독자와 직접 만나보는가 하면, 글쓰기 모임을 기획하고 운영해 보기도 했습니다. 모두 하나같이 값진 경험이었습니다.

그것은 표면적으로는 한 순간의 멋지고 화려한 모습일지 몰라도, 지지부진하게 버텨낸 하루하루가 모여 만든 열매였습니다. 나와의 약속을 지켜냈던 하루하루가 새로운 경험의 토대가 되었지요.

세계적인 기업가 에드 마일렛은 한 인터뷰에서 자신감에 관해 이렇게 이야기합니다.

"자신감이란 자신에게 한 약속을 반드시 지키는 패턴을 가지고 있습니다."

실현 가능한 작은 약속을 만드는 것이 중요한 이유입니다. 약속을 너무 크게 높여버리면 힘이 들고, 힘이 들어 지쳐버리게 되면 곧 약속을 지키지 못한 나에게 실망하게 될 뿐이니까요. 그러니 내가 생각하는 목표의 절반 지점에서 먼저 시작해 보세요. 반의반 지점이면 더 좋고, 그보다 더 작은 목표라면 더욱더 환영입니다.

이를테면 아침저녁 스트레칭을 도전해 본다면 1일 차부터 냅다 30분짜리 스트레칭을 하기보다는, 먼저 저녁에 5분짜리 스트레칭 영상을 시도해 보는 겁니다. 그리고 그것이 적응되면 아침에도 5분을 추가로 해보고, 몸컨디션의 추이를 보면서 점점 늘려가도 괜찮습니다.

에드 마일렛은 나와의 약속을 지키는 일을 두고 '스스로에 대한 평판을 쌓는 것'이라 표현합니다. 그것은 곧 자신감의 토대가 됩니다. 아주 조그만 목표를 통해 자기 신뢰의 토대를 다질 수 있다면 한 번쯤은 배팅해 볼 만하지 않은가요?

엇쓰기 모임

엇쓰기는 삶이라는 여정에 있어서 어떤 배팅을 해볼 수 있을지 찾게 하고, 그것을 꾸준히 해볼 수 있도록 도와주는 페이스 메이커가 되어줄 것입니다.

노트 밖으로 한 발짝

앞서 연결하며 얻는 힘에 관해 이야기 나누었습니다. 엇쓰기 노트 위에서 경험하는 내면과의 연결은 곧 타인과의 연결이 되고, 이는 곧 가치 있는 창작으로 확장됩니다. 6주간 천천히 다져온 글쓰기 근력을 통해 우리는 앞으로 노트 밖 더 넓은 세계로 뻗어나가는 과정을 함께해 볼 것입니다.

나만 보는 글, 남도 보는 글

노트 밖으로 나왔을 때 저는 브런치에서 처음으로 글쓰기를 시작했습니다. 사실 저는 글을 발행할 때까지만 해도 이걸 누가 보겠느냐 생각하며 정말 솔직한 글을 쓰곤 했습니다. 그런데 신기하게도 하나둘씩 '좋아요'를 누르는 사람들이 생겼습니다. 그것이 단지 초보 작가를 위한 격려였을지라도요.

혼자만 즐기던 글을 나눈다는 것의 의미는 독자의 유의미한 반응으로써 드러나는데, 그 사실이 굉장히 놀랍기도 했고 신도 났습니다. 그렇게 단 다섯 개의 '좋아요'를 받고서 저는 두 번째, 세 번째 글을 쭉쭉 써나갔습니다. 그러면서 저는 어떤 글에 사람들이 접근하고 싶어 하는지를 알음알음 배우게 되었습니다.

점차 저는 발행한 글의 좋아요 개수에 따라, 그리고 댓글 반응이나 조회수에 따라 기분이 오르내리기도 했습니다. 장기적인 관점에서 보았을 때 이렇게 타인의 반응에 일희일비하는 것은 그다지 좋은 습관이 아닙니다. 하지만 처음 세상 밖으로 나와서 나의 글을 펼쳐 보일 때는 이런 감정의 동요가 긍정적으로 발현될 수도 있습니다. 조금 더 사람들이 읽고 싶어 하고 읽기 좋은 글을 고민하는 과정은 작가로서도, 그리고 작품으로써도 성장하는 계기가 되기 때문입니다. 언젠가는 그 모든 것을 놓아버리고 내 안으로 침잠하며 굳건히 나아가야 할 시기도 도래하겠지만요. 초심자의 입장에서는 독자의 반응에 활기와 에너지를 얻는 것은 아주 재미있는 일이자 의미 있는 경험입니다.

사실 조금 더 정직하게 말하자면, 처음 온라인 세계의 사람들은 여러분의 글에 별 관심이 없을 것입니다. 정말로 여러분이 그것에 실망하지 않기를 바랍니다. 독자를 모으는 과정은 원래 지지부진합니다. 남도 보고 싶게 하는 글을 쓰기까지의 여정은 새로운 언어를 배우는 것만큼이나 쉽지 않습니다.

그렇다고 해서 나의 글에 의미가 없는 것은 아닙니다. 우리는 먼저 제1의 독자인 나를 위해 쓰는 것이며, 그게 가장 오래 남는 가치이자 의미입니다. 그것은 방구석 초보 작가든, 10년 차 베스트셀러 작가든 상관없이 그렇습니다. 우선 내가 쓴 글 앞에 공공의 눈이 달려있다는 자각만으로도 작품에는 큰 성장이 깃들 것입니다.

글쓰기 온라인 플랫폼 세 가지

노트 밖으로 한 발짝만 내디디면 새로운 연결이 여러분을 기다리고 있습니다. 글로 세상과 소통하는 재미난 여정을 함께 하기 위해, 가장 쉽게 접근할 수 있는 온라인 플랫폼을 세 가지 소개해 드리겠습니다.

엇쓰기 모임

1. 브런치 스토리

대표 키워드: #작가 꿈나무 #책 출판 #에세이 글

브런치 스토리는 카카오에서 운영하는 글쓰기 플랫폼입니다. 깔끔한 디바이스가 특징이며 일상 에세이 형식의 글이 많고 가장 인기가 높습니다. 브런치 스토리에는 광고 배너가 없습니다. 그래서 깔끔하게 글에만 집중하여 작품을 펼칠 수 있지만 그래서 글을 통해서는 직접적인 수익이 없다는 것이 특징입니다. 대신 최근에는 독자가 연재 중인 작품을 후원할 수 있는 '응원하기' 버튼의 활성화로 창작자에게 소정의 금전적 지원을 받을 수 있도록 돕고 있습니다.

브런치 스토리의 가장 뚜렷한 특징은 출판 기회의 최전방에 있다는 것입니다. '브런치 북 만들기'를 통해 내가 쓴 글을 한데 모아 한 작품으로 만들어볼 수 있습니다. 제목과 간략한 내용 소개, 독자 선정 및 목차 만들기까지, 작품을 만드는 데에 있어 가장 본질적이고 중요한 요소를 짚어주기 때문에 브런치 스토리는 초보 작가나 작가 꿈나무에게 든든한 기둥이 되어주는 플랫폼입니다.

책 출간에 관심이 있다면 초기 아이디어의 시행착오는 브런치 플랫폼을 적극 활용할 수 있습니다. 매거진을 만들어 글을 차곡차곡 쌓고, 모은 글들 쭉 읽어보고 맥락을 짚어 브런치 북을 기획해 보는 방법이 있습니다. 여기서 우리는 산발적인 아이디어들을 깎고 깎아 거듭 수정할 수 있고 내 글을 하나의 작품으로 보는 연습을 할 수 있습니다.

매년 열리는 '브런치 북 출판 프로젝트' 및 '밀리의 서재 전자책 출판 프로젝트'를 통해 출간의 기회를 선사하기도 합니다. 브런치 북 프로젝트를 통해 매년 10명의 새로운 작가가 탄생하고 있습니다. 임홍택 작가의 『90년대생이 온다』, 정지음 작가의 『젊은 ADHD의 슬픔』 등 베스트셀러에 오른 작품들도 처음에는 브런치로 쓰였으며, 출판 프로젝트를 통해 당선되어 출간된 책입니다.

브런치 스토리는 다만 작가 신청이 필요한 특징이 있습니다. 아이디가 있다고 해서 누구나 글을 쓸 수 있는 것은 아닙니다. 먼저 글을 써두고 브런치 스토리에 심사를 요청하면 며칠 내로 답변을 받을 수 있습니다. 저의 경우에는 첫 글을 발행하기 전까지 서너 번의 탈락이 있었습니다. 글은 자기가 왜 이 글을 쓰는지에 관해 요지를 명확하게 하고, 사람들이 읽기에 흥미가 가도록 글 속에 다양한 요소들을 고려해 보면 좋습니다. 글의 문단을 나눈다거나, 밑줄을 그어본다거나, 사진을 첨부하는 식으로요. 독자를 십분 배려하고 고려하는 글은 쉽게 좋은 글이 됩니다.

우선은 여러분이 직접 시도하는 과정이 필요합니다. 엇쓰기의 철학처럼, 시행착오를 하고 그 자리에서 배운다는 걸 명심하시고 마구잡이식의 시도를 통해 자기만의 방법을 조형해나 가보세요. 그것은 완전히 여러분만의 경험이 되어주며 앞으로의 글쓰기 여정에도 크나큰 힘이 되어줄 것입니다.

2. 네이버 블로그

대표 키워드: #다양한 주제 #이웃 소통 #높은 접근성

네이버 블로그는 국내 최다 이용자의 글쓰기 플랫폼입니다. 취미, 정보, 일상 등 다양한 주제로 시작해 볼 수 있습니다. 게시판을 여러 개 만들어 한 가지 주제에만 국한되지 않도록 할 수도 있습니다. 특징은 이웃과의 소통이 주류 문화로 자리 잡고 있습니다. 서로의 블로그를 들러 '좋아요'를 누르고 댓글을 달면서 소소한 이야기를 나누는 재미가 있습니다.

블로그 게시물의 조회수가 늘어나면 광고 수익도 붙습니다. 브런치 스토리에는 없는 광고 배너가 글 중간중간 삽입되기 때문입니다. 이를 '네이버 애드 포스트'라고 합니다. 글로 수익을 얻기까지는 쉬운 일은 아니지만 그렇다고 불가능한 일도 아닙니다. 사람들이 원하는 글을 쓰는 것, 그리고 적절히 대중적인 키워드를 선정하여 포털 사이트에 검색했을 때 가시화될 수 있도록 하는 전략도 필요합니다.

수익을 광고로만 한정짓지 않는다면 새로운 접근도 가

능합니다. 블로그를 꾸준히 하다 보면 협찬 및 체험단을 먼저 제안해 보기도 쉽고, 업체에서 먼저 제안서가 들어오기도 합니다. 책, 화장품, 음식 등의 물질적인 것에 대한 협찬도 있고 필라테스, 카페 등의 비물질적인 체험단도 있습니다. 나의 일상 기록과 소소한 수익의 기회까지 두 마리 토끼를 잡을 수 있는 플랫폼이라고 할 수 있습니다.

3. 티스토리

대표 키워드: #전문 주제 #높은 수익성 #구글 노출

티스토리는 카카오에서 운영하는 블로그 플랫폼입니다. 티스토리 블로그에서는 나만의 홈 화면을 디자인해 볼 수 있습니다. 내가 쓸 글의 특징에 따라 다양하게 홈페이지를 디자인해 볼 수 있는 장점이 있습니다. 사진 및 이미지 예술을 하는 사람이라면 포트폴리오처럼 활용할 수도 있고, 정보 전달 블로그라면 그에 맞도록 깔끔하고 간략한 템플릿을 선택할 수도 있습니다. 심지어 티스토리는 주소도 내 마음대로 디자인할 수 있습니다. 즉 블로그계의 메타몽이라고도 말할 수 있습니다.

티스토리 블로그는 주로 전문 주제를 다루는 경우가 많습니다. 경제, 테크, 정보전달 등 우리가 구글에서 검색했을 때 나오는 글들이 대체로 티스토리인 것을 보면 그렇습니다. 티스토리는 또한 블로그 중 가장 광고 수익이 높은 편입니다. '구글 애드센스'와 '카카오 애드핏' 두 가지로 나뉘어 수익이 측정되며 네이버 블로그와 비교해 보았을 때 많으면 5배 이상 차이 나기도 합니다. 다만 댓글을 달거나 좋아요를 누르는 등, 소소한 소통 문화는 적기 때문에 조회수가 올라도 혼자서 독백하는 느낌이 들 수 있습니다.

저는 몇 년 전 경제 공부를 하기 위해 티스토리 블로그를 하나 만들어본 적이 있습니다. 인터넷 기사를 옮기고 저의 느낀 점 혹은 생각을 몇 줄 붙이는 형식으로 매일 업로드를 했는데요, 물론 그것은 공부가 되었고 재미있는 일이었지만 내 글을 누구도 보지 않는다는 느낌이 들면 괜히 허탈해지기도 했습니다. 여기서 알 수 있는 것은 자기가 온라인 플랫폼에 쓰는 글을 통해 어떤 것을 가장 바라는지 돌아보는 게 중요하다는 점입니다. 저는 스스로 공부하기 위해서 블로그를 썼지만, 사람들과 함께 경제에 관해 이야기 나누고 소통하고 싶은 욕구도 중요하게 여겼기 때문에 만족하지 못했던 것입니다. 만일 장기적인 관점에서 봤을 때 나의 글이 전 세계적인 웹사이트인 구글에서 충분히 노출되기를 원하고, 블로그를 통해 높은 광고수익을 벌기를 바란다면 티스토리는 좋은 선택지가 될 수 있습니다.

엇쓰기 노트에 쓰는 글과는 달리 온라인 플랫폼에 쓰는 글은 세상에 닿기 위해 손을 뻗는 것과 같습니다. 그렇기에 자기가 어떤 요소를 바라는지에 따라 다른 플랫폼을 선택할 수 있습니다. 출판 기회를 원하고 나의 이야기를 에세이 형식으로 풀어내는 데에 관심이 많다면 브런치 스토리를, 소소하게 나와 잘 맞는 사람들과의 소통을 바라고 약간의 수익 및 체험단의 기회 등을 기대한다면 네이버 블로그를 선택해 볼 수 있겠지요. 아니면 아예 전문 분야를 잡아서 집중적으로 파고들어 보고 싶고 광고 수익을 크게 바란다고 한다면 티스토리가 적합할 수 있습니다.

엇쓰기는 계속된다

"완벽한 글을 써야 한다는 강박과 부담이 많이 줄어들었어요."

"나를 돌아보고 현재 감정을 관찰하게 되었어요."

"나와 다른 타인을 인정하는 계기가 되었어요."

"누군가에게 보여주기 위한 글이 아닌
나를 위한 글을 쓰게 되었어요."

"나와 같이 방황하거나 고민이 많은 사람에게
일단 연필을 들어 써보라고 이야기해 주고 싶어요."

엇쓰기 모임을 하고 난 후 파트너들이 전해준 소감입니다. 저는 아직도 소감 글을 보면 눈물이 펑 터져 나올 것 같은데요, 그 이유가 무엇인지는 잘 모르겠습니다. 하지만 단 하나 알 수 있는 것은 진심으로 손을 뻗었을 때 그 마음을 온전히 알아주고 받아주는 것은 정말 귀중한 선물이라는 것입니다.

힘들었던 시기에 나를 굳건히 잡아준 글쓰기였습니다. 글쓰기가 잡아준 손으로 일어서서, 넘어질 듯 살아가는 이들을 위해 용기로 손을 뻗었습니다. 그것은 두려움의 연속이었고 지금도 그렇습니다. 강의를 준비하는 것도, 글을 쓰는 것도, 사람들과 소통하는 것도요. '사람들이 이런 걸 좋아할까?', '내가 무엇을 나눌 수 있을까?' 이런저런 생각을 하다 보면 막막해지기 마련이었습니다. 결국에는 솔선하여 저부터 배움의 세계로 풍덩 빠져들어야 했습니다.

무지의 가시풀밭을 헤쳐나가 배운 것은 금은보화 부럽지 않은 가치였습니다. 저의 이야기가 누군가에게 힘이 되고, 영감이 되고, 도움이 될 때, 그리고 파트너들의 이야기

또한 제게 긍정적인 영향력을 발휘할 때, 우리는 함께 나아가고 있었습니다. 두려움 반 설렘 반으로 첫 모임을 열고나서는 참 다행스러웠습니다. '이렇게나 가치 있는 일을 할 수 있어서.' 그리고 에필로그를 쓰는 지금도 비슷한 감정이 듭니다.

여러분은 빛날 자격이 있습니다. 다만 아직 그 빛을 스스로 찾지 못했을 뿐입니다. 여러분은 항상 빛났고, 빛나고 있고, 앞으로는 더더욱 빛날 것입니다. 먼저 스스로를 밝히면, 넘쳐흐르는 빛으로 비로소 세상을 밝힐 수 있습니다.

『엇쓰기 모임』의 이야기가 여러분만의 고유한 빛을 찾는 여정에 힘이 되기를 바랍니다.

참고 자료

1 우울할 때 달콤한 초콜릿, 효과 있을까?, 이기상·임다은 기자, 헬스조선, 2017년 09월 21일, https://health.chosun.com/site/data/html_dir/2017/09/21/2017092101209.html

2 "검은색 옷 즐겨 입는 사람, 스트레스 많다는 뜻", 김주연 기자, 파이낸셜뉴스, 2016년 3월 31일 , https://www.fnnews.com/news/201603311331525926

3 장내 유익균이 면역 기능 좌우한다, 이금숙 기자, 헬스조선, 2021년 1월 20일, https://m.health.chosun.com/svc/news_view.html?contid=2021011902478

4 '타인의 고통이 나의 기쁨', 그 사악한 쾌락, 신현호 기자, 한겨레, 2018년 7월 14일, https://www.hani.co.kr/arti/society/society_general/853274.html

5 회복탄력성 향상법 두 가지! – 처음으로 저자가 핵심을 직접 요약해 드립니다!, 김주환의 내면소통, 유튜브 비디오, 총 2시간 15분 21초, 2023년 2월 19일, https://www.youtube.com/live/Lllh4HdUMvk?si=2-F2XSnWD2zBr0re

6 미하이 칙센트미하이의 몰입, TED 비디오, 총 18분 36초. Mihaly Csikszentmihalyi, 2004년 2월, https://www.ted.com/talks/mihaly_csikszentmihalyi_flow_the_secret_to_happiness?language=ko

7 TV보다 SNS 광고시장이 더 커졌다… 글로벌 액수 올해 처음 역전, SBS 뉴스, 2020년 10월 25일, https://news.sbs.co.kr/news/endPage.do?news_id=N1006040403

8 엘리자베스 길버트, 박소현 옮김, 『빅매직』, 민음사, 2017

9 단조로운 삶 그것만이 행복을 누리는 길이다 | 알버트 슈바이처 명언 | 철학 | 인생조언, 유튜브 비디오, 총 23분 33초. 인생말씀 TV, 2023년 5월 25일, https://youtu.be/zj1hq_knGco?si=PP-b7LONkSLzYPFT

10 정도언, 『프로이트의 의자』, 웅진지식하우스, 2009

엇쓰기 모임

2024년 5월 31일 1판 1쇄

지은이 이진
편집·디자인 이진

전자우편 leejinand@gmail.com
브런치 brunch.co.kr/leejinand
인스타그램 @leejinand

발행처 인디펍
발행인 민승원
출판등록 2019년 01월 28일 제2019-8호
ISBN 979-11-6756562-4 (03800)